Novelle per un anno IV L'uomo solo

Luigi Pirandello

Sommario

L'uomo solo

Si riunivano all'aperto, ora che la stagione lo permetteva, attorno a un tavolinetto del caffè sotto gli alberi di via Veneto.

Venivano prima i Groa, padre e figlio. E tanta era la loro solitudine che, pur così vicini, parevano l'uno dall'altro lontanissimi. Appena seduti, sprofondavano in un silenzio smemorato, che li allontanava anche da tutto, cosicché se qualche cosa cadeva loro per caso sotto gli occhi, dovevano strizzare un po' le palpebre per guardarla. Venivano alla fine insieme gli altri due: Filippo Romelli e Carlo Spina. Il Romelli era vedovo da cinque mesi; lo Spina, scapolo. Mariano Groa era diviso dalla moglie da circa un anno e s'era tenuto con sé l'unico figliuolo, Torellino, già studente di liceo, smilzo, tutto naso, dai lividi occhietti infossati e un po' loschi.

Là attorno al tavolino, dopo i saluti, raramente scambiavano tra loro qualche parola. Sorseggiavano una piccola Pilsen, succhiavano qualche sciroppo con un cannuccio di paglia, e stavano a guardare, a guardar tutte le donne che passavano per via, sole, a coppie, o accompagnate dai mariti: spose, giovinette, giovani madri coi loro bambini; e quelle che scendevano dalla tranvia, dirette a Villa Borghese, e quelle che ne tornavano in carrozza, e le forestiere che entravano al grande albergo dirimpetto o ne uscivano, a piedi, in automobile.

Non staccavano gli occhi da una che per attaccarli subito a un'altra, e la seguivano con lo sguardo, studiandone ogni mossa o fissandone qualche tratto, il seno, i fianchi, la gola, le rosee braccia trasparenti dai merletti delle maniche: storditi, inebriati da tutto quel brulichío, da tutto quel fremito di vita, da tanta varietà d'aspetti e di colori e di espressioni, e tenuti in un'ansia angosciosa di confusi sentimenti e pensieri e rimpianti e desiderii, ora per uno sguardo fuggevole, ora per un sorriso lieve di compiacenza che riuscivano a cogliere da questa o da quella, tra il frastuono delle vetture e il passerajo fitto, continuo che veniva dalle prossime ville.

Sentivano tutti e quattro, ciascuno a suo modo, il bisogno cocente della donna, di quel bene che nella vita può dar solo la donna, che tante di quelle donne già davano col loro amore, con la loro presenza, con le loro cure, e forse senz'esserne ricompensate a dovere dagli uomini ingrati.

Appena questo dubbio sorgeva in essi per l'aria triste di qualcuna, i loro sguardi s'affrettavano a esprimere un intenso accoramento o un'acerba condanna o una pietosa adorazione. E quelle giovinette? Chi sa com'eran disposte e pronte a dar la gioja del loro corpo! E dovevano invece sciuparsi in un'attesa forse vana tra finte ritrosie in pubblico e chi sa che smanie in segreto.

Ciascuno, con quel quadro fascinoso davanti, pensando alla propria casa senza donna, vuota, squallida, muta, compreso da una profonda amarezza, sospirava.

Filippo Romelli, il vedovo, piccolino di statura, pulito, in quel suo abito nero da lutto ancora senza una grinza, preciso in tutti i lineamenti fini, d'omettino bello vezzeggiato dalla moglie, si recava tutte le domeniche al camposanto a portar fiori alla sua morta, e più degli altri due sentiva l'orrore della propria casa attufata dai ricordi, dove ogni oggetto, nell'ombra e nel silenzio, pareva stesse ancora ad aspettare colei che non vi poteva più far ritorno, colei che lo accoglieva ogni volta con tanta festa e lo curava e lo lisciava e gli ripeteva con gli occhi ridenti come e quanto fosse contenta d'esser sua.

In tutte le donne che vedeva passare per via lui badava ora a sorprender la grazia di qualche mossa che gli richiamasse viva l'immagine della sua donna, non com'era ultimamente, ma qual era stata un tempo, quando gli aveva dato quella tal gioja che quest'altra, ora, gli ridestava pungente nella memoria; e subito serrava le labbra per l'impeto della commozione che gli saliva amara alla gola, e socchiudeva un po' gli occhi, come fanno al vento gli uccelli abbandonati su un ramo.

Anche nella sua donna, negli ultimi tempi, aveva amato il ricordo delle gioje passate, che non potevano più, ormai, esser per lui. Nessuna donna più lo avrebbe amato, ora, per se stesso. Aveva già quasi cinquant'anni.

Ah, per lui la sorte era stata veramente crudele! Vedersi strappare la compagna in quel punto, alla soglia della vecchiaja, quando ne aveva più bisogno, quando anche l'amore, sempre irrequieto nella gioventù, cominciava a pregiar soltanto la tranquillità del nido fedele! Ed ecco che ora gli toccava a risentire l'irrequietezza di esso, fuori tempo, e perciò ridicola e disperata.

Allo Spina, amico suo indivisibile da tanti anni, aveva detto più volte:

— Verità sacrosanta, amico mio: l'uomo non può esser tranquillo, se non s'è assicurate tre cose: il pane, la casa, l'amore. Donne, tu ne trovi adesso; ti posso anche ammettere che, quanto a questo, tu stai meglio di me, per ora. Ma la gioventú, caro, è assai più breve della vecchiaja. Lo scapolo gode in gioventú; ma poi soffre in vecchiaja. L'ammogliato, al contrario. Ha più tempo di goder l'ammogliato dunque, come vedi!

Sissignori. Bella risposta gli aveva dato la sorte! Lo Spina, ora, vecchio scapolo, cominciava a soffrire del vuoto della sua vita, in una camera d'affitto, tra mobili volgari, neppur suoi; ma almeno poteva dire d'aver goduto a suo modo in gioventú e d'aver voluto lui che fosse cosìsola e senza conforto di cure amiche e senz'abitudine d'affetti la sua vecchiaja. Ma lui!

Eppure, forse più crudele della sua era la sorte di Mariano Groa. Bastava guardarlo, poveretto, per comprenderlo.

Lui, Romelli, pur cosìsconsolato com'era, trovava tuttavia in sé la forza di pulirsi, d'aggiustarsi, perfino d'insegarsi ancora i baffettini grigi; mentre quel povero Groa... Eccolo là: panciuto, sciamannato, con una grinta da can mastino con gli occhiali, ispido di una barba non rifatta chi sa da quanti giorni, e con la giacca senza bottoni, il colletto spiegazzato, giallo di sudore, la cravatta sudicia, annodata di traverso.

Guardava le donne con occhiacci feroci, quasi se le volesse mangiare.

E ogni tanto, fissandone qualcuna, ansimava, come se gli si stringesse il naso; si scoteva, facendo scricchiolar la sedia, e si metteva in un'altra positura non meno truce, col pomo del bastone sotto il mento, affondato nella pappagorgia lustra di sudore.

Sapeva da tant'anni che la moglie – vezzosa donnettina dal nasino ritto, due fossette impertinenti alle guance e occhietti vivi vivi, da furetto – lo tradiva. Alla fine, un brutto giorno, era stato costretto ad accorgersene, e s'era diviso da lei legalmente. Se n'era pentito subito dopo; ma lei non aveva più voluto saperne, contenta delle duecento lire al mese ch'egli le passava per mezzo del figliuolo, il quale andava a visitarla ogni due giorni.

Il pover'uomo era divorato dalla brama di riaverla. La amava ancora come un pazzo, e senza lei non poteva più stare; non aveva più requie!

Spesso, il figliuolo, che gli dormiva accanto, sentendolo piangere o gemere con la faccia affondata nel guanciale, si levava su un gomito e cercava di confortarlo amorosamente:

— Papà, papà…

Ma spesso anche Torellino si seccava a vederlo smaniare cosí; e nei giorni che doveva recarsi a visitare la madre, sbuffava ogni qual volta egli si metteva a suggerirgli tutto quello che avrebbe desiderato le dicesse per intenerirla, lo stato in cui si trovava, cosìsenza cure, alla sua età; la sua disperazione; il suo pianto; e che non poteva dormire, e che non sapeva più reggere, né come fare.

Era un tormento per Torellino! E anche una vergogna che lo sconcertava tutto e lo faceva sudar freddo. Tanto più che poi quelle ambasciate non servivano a nulla, perché già più volte la madre, irremovibile, gli aveva fatto rispondere che non ne voleva nemmeno sentir parlare.

E che altro tormento ogni qual volta ritornava da quelle visite! Il padre lo aspettava a piè della scala, ansante, la faccia infiammata e gli occhi acuti e spasimosi, lustri di lagrime. Subito, appena lo vedeva, lo assaliva di domande:

— Com'è? com'è? che t'ha detto? come l'hai trovata?

E a ogni risposta, arricciava il naso, chiudeva gli occhi, divaricava le labbra, come se ricevesse pugnalate.

— Ah, sí, tranquilla? Non dice niente? Ah, dice che sta bene cosí? E tu, tu che le hai detto?

— Niente, io, papà...

Ah, niente, è vero? E si mordeva le mani dalla rabbia; poi prorompeva:

— Eh sí! eh sí! Seguitate! Seguitate! È comodo... Séguita cosí, tu pure, caro! Sfido... Che vi manca? C'è il bue qua, che lavora per voi... Seguitate, seguitate senza nessuna considerazione per me! Ma non lo capisci, perdio, che io non posso più vivere cosí? Che ho bisogno d'ajuto? Che io cosìmuojo, non lo capisci? Non lo capisci?

— Ma che ci posso fare io, papà? — si scrollava Torellino, alla fine, esasperato.

— Niente! Niente! Séguita! — riprendeva lui, ingozzando le lagrime. — Ma non ti pare almeno che sia una nequizia farmi morire cosí? Perché, sai? io muojo! Io vi lascio tutti e due in mezzo a una strada, e la faccio finita! La faccio finita!

Si pentiva subito di queste sfuriate, e compensava con carezze, con regali il figliuolo; lo avviziava; gli prodigava le cure di una madre; e non badava a sé, ai suoi abiti, alle sue scarpe, alla sua biancheria, purché il figlio andasse ben vestito, di tutto punto, e si presentasse alla mamma ogni due giorni come un figurino.

S'inteneriva lui stesso di quella sua bontà, non solo non rimeritata, ma neppur commiserata da nessuno, calpestata anzi da tutti; si struggeva in quella sua tenerezza; sentiva proprio che il cuore gli si sfaceva in petto, strizzato dall'angoscia, macerato dalla pena.

Aveva coscienza di non aver fatto mai, mai, il minimo torto a quell'infame donna che lo aveva trattato cosí!

Che ci poteva far lui se attorno al suo cuore tenero e semplice, di bambino, era cresciuto tutto quel corpaccio da maiale? Nato per la casa, per adorare una donna sola nella vita, che gli volesse – non molto! non molto! – un po' di bene, quanto compenso le avrebbe saputo dare, per questo po' di bene!

Con gli occhi invetrati dalle lagrime a stento contenute, ora stava a mirar per via ogni coppia di sposi, che gli pareva andasse d'amore e d'accordo. Si sarebbe buttato in ginocchio davanti a ogni moglie onesta e saggia, che fosse il sorriso e la benedizione d'una casa, che amasse teneramente il suo sposo e curasse i suoi figliuoli.

A lui, giusto a lui doveva toccare una donna come quella! Chi sa quante ce n'erano di buone, lí, tra quelle che passavano per via; quante avrebbero fatto la sua felicità, perché non chiedeva molto lui, un po' d'affetto, poco!

Lo mendicava con quegli occhi, che parevano truci, a tutte le donne che vedeva passare; ma non per averlo da esse: da una sola, da quella, lui lo voleva, poiché quella sola avrebbe potuto darglielo onestamente, legato com'era dal vincolo del matrimonio e con quel suo povero figliuolo accanto.

All'ombra dei grandi alberi della via, brulicava quella sera con fremito più intenso la vita.

I due amici Spina e Romelli tardavano ancora a venire.

L'aria, satura di tutte le fragranze delle ville vicine, pareva grillasse d'un baglior d'oro, e tutti i visi delle donne, sotto i cappelloni spavaldi, sorridevano accesi da riflessi purpurei. Offrivano con quel sorriso all'ammirazione e al desiderio degli uomini il loro corpo disegnato nettamente dagli abiti succinti.

Le rose d'una bottega di fiorajo lí presso, dietro le spalle del Groa, esalavano un profumo cosìvoluttuoso, che il pover'uomo ne aveva un greve stordimento di ebbrezza, per cui già tutto quel brulichío di vita assumeva innanzi a lui contorni vaporosi di sogno, e gli destava quasi il dubbio della irrealità di quanto vedeva, coi romori che gli si attutivano agli orecchi, come se venissero da lontano lontano, e non da tutto quel sogno lí maraviglioso.

Alla fine, quegli altri due arrivarono. Discutevano tra loro animatamente. Il piccolo Romelli, vestito di nero, era nervoso, convulso; scattava a tratti come per scosse elettriche, e lo Spina, accalorato, cercava di calmarlo, di convincerlo.

— Sí, due sorelle, due sorelle! Lasciate fare a me! Ancora è presto. Ora sediamo.

Il Groa fece segno con gli occhi ai due di non parlar di tali cose davanti al suo figliuolo; poi, comprendendo che essi, cosìaccesi com'erano, non avrebbero saputo frenarsi, si volse a Torellino e lo invitò a farsi una giratina lí a Villa Borghese.

Il ragazzo s'avviò, svogliato, sbuffando. Fatti pochi passi, si voltò e vide che i tre, con le teste riunite, confabulavano misteriosamente attorno al tavolino; ma il padre scrollava il capo, diceva di no, di no.

Lo Spina, certo, li tentava.

Quando, dopo una mezz'ora, Torellino ritornò, i due, il Romelli e lo Spina, erano andati via. Il padre era solo, ad

attenderlo; in una solitudine disperata; con un viso
cosìalterato, con tanto spasimo tetro negli occhi, che il
figlio restò a mirarlo, sgomento.

— Vogliamo andare, papà?

Il Groa parve non lo sentisse. Lo guatò. Serrò le labbra
con una smorfia di pianto, quasi infantile, ed ebbe per tutta
la persona uno scotimento di singhiozzi soffocati.

Poi si alzò; prese il figlio per un braccio; glielo strinse
con tutta la forza, come se volesse comunicargli con quella
stretta qualcosa che non poteva o non sapeva dire. E
andarono, andarono verso via di Porta Pinciana.

Torellino si sentiva trascinato verso la casa ove abitava
la madre. Ecco, vi sarebbero giunti tra poco: era là in capo
al secondo vicolo, ove ardeva il fanale. E a mano a mano
s'induriva contro il braccio del padre, il quale, avvertendo
la resistenza, lo guardava ansioso, per intenerirlo.

«Oh Dio, oh Dio», pensava Torellino, «la solita storia! Il
solito tormento! Andar sú, è vero? Pregare la madre che
s'arrendesse finalmente; sentirsi dire di no ancora una
volta? No, no.»

E, risoluto, davanti al vicolo, sotto il fanale, s'impuntò e
disse al padre:

— No, sai, papà? Io non salgo! Io non ci vado!

Il Groa guardò il figlio con occhi atroci.

— No? — fremette. — No?

E lo respinse da sé, piano, senza aggiungere altro. Lasciato lí quieto in mezzo alla via deserta, Torellino, dapprima un po' stordito, ebbe a un tratto l'impressione che il padre si fosse per sempre staccato da lui, quasi balzando d'improvviso laggiú, lontano, e che per sempre si perdesse confuso, estraneo tra i tanti estranei che andavano per quella via in discesa. Allora si mosse a seguirlo da lontano, costernato.

Lo seguí, senza farsi scorgere, giú per Capo le Case, giú per via Due Macelli, per via Condotti, per via Fontanella di Borghese, per piazza Nicosia... Sboccando in via di Tordinona, si fermò.

Venivano fuori da un vicoletto bujo il Romelli e lo Spina, e il padre s'univa ad essi. Il Romelli aveva sugli occhi un fazzoletto listato di nero e singhiozzava. Tutti e tre andavano ad appoggiarsi alla spalletta del Lungotevere.

— Ma stupido! Perché? — gridava lo Spina, scotendo per un braccio il Romelli. — Tanto carina! Tanto graziosa!

E il Romelli, tra i singhiozzi:

— Impossibile! Impossibile! Tu non puoi comprendere... Il pudore! La santità della casa!

Lo Spina allora si volgeva al padre.

Nella chiara sera di maggio, presso le acque del fiume che pareva ritenessero ancora la luce del giorno sparito, si distinguevano con precisione tutti i gesti e anche i tratti del volto di quei tre uomini agitati.

Lo Spina voleva ora convincere il padre del torto del Romelli, che seguitava ad asciugarsi il volto in disparte. Il padre stava a guardar lo Spina con occhi sbarrati, feroci; all'improvviso lo afferrava per il bavero della giacca, gli dava un poderoso scrollone e lo mandava a schizzare lontano; poi, balzando sul parapetto dell'argine gridava con le braccia levate, enorme:

— Ecco, si fa cosí!

E giú, nel fiume. Un tonfo. Due gridi, e un terzo grido, da lontano, più acuto, del figlio che non poteva accorrere, con le gambe quasi stroncate dal terrore.

La cassa riposta

Quando il biroccino fu sotto la chiesina di San Biagio lungo lo stradone, il Mèndola, di ritorno dal podere, pensò di salire al cimitero sul poggio a veder che cosa ci fosse di vero nelle lagnanze rivolte al Municipio per quel custode Nocio Pàmpina, detto *Sacramento*.

Assessore comunale da circa un anno, Nino Mèndola, proprio dal giorno che aveva assunto la carica, non stava più bene. Soffriva di capogiri. Senza volerlo confessare a se stesso, temeva d'esser colpito da un giorno all'altro d'apoplessia: male, di cui erano morti tutti i suoi, immaturamente. Era perciò sempre di pessimo umore; e ne sapeva qualche cosa quel suo cavalluccio attaccato al biroccino.

Ma tutta quella giornata, in campagna, s'era sentito bene. Il moto, lo svago… E, per bravar la paura segreta, aveva deciso lí per lí di fare quell'ispezione al cimitero, promessa ai colleghi della Giunta e rimandata per tanti giorni.

«Non bastano i vivi», pensava, salendo al poggio, «danno da fare anche i morti in questo porco paese. Ma già, sono sempre quelli, i vivi, rottorio! Sanno un corno i morti, se son guardati bene o male. Forse, non dico di no: pensare che da morti saremo trattati male, affidati alla custodia di Pàmpina, stolido e ubriacone, può far dispiacere… Basta; adesso vedrò.»

Tutte calunnie.

Come custode di cimitero, Nocio Pàmpina, detto *Sacramento*, era l'ideale. Già una larva, che lo portava via il fiato; e certi occhi chiari, spenti; una vocina di zanzara. Pareva proprio un morto uscito di sotterra per attendere, cosìcome poteva, alle faccenduole di casa.

Che c'era da fare poi? Tutta gente dabbene, lí – ormai – e tranquilla.

Le foglie, sí. Qualche foglia caduta dalle siepi ingombrava i vialetti. Qualche sterpo era cresciuto qua e là. E i passeri monellacci, ignorando che lo stil lapidario non vuole interpunzioni, avevano seminato con le loro cacatine tra le tante virtú di cui erano ricche le iscrizioni di quelle pietre tombali, troppe virgole forse e troppi punti ammirativi.

Piccolezze.

Se non che, entrando nel bugigattolo del custode a destra del cancello, il Mèndola restò:

— E quella lí?

Nocio Pàmpina, detto *Sacramento*, aprí le labbra squallide a un'ombra di sorriso e bisbigliò:

— Cassa da morto, Eccellenza.

Era difatti una bellissima cassa da morto. Lustra, di castagno, con borchie e dorature. Fatta proprio senza risparmio. Là, quasi in mezzo alla stanzetta.

— Grazie; la vedo, — riprese il Mèndola. — Dico, perché la tieni lí?

— È del cavalier Piccarone, Eccellenza.

— Piccarone? E perché? Non è mica morto!

— No no, Eccellenza! Non sia mai! — disse Pàmpina. — Ma Vossignoria saprà che il mese scorso gli morí la moglie, povero galantuomo.

— E con ciò?

— La accompagnò fino qua, a piedi; attempatello com'è. Sissignore. Poi mi chiamò, dice: «Senti, Sacramento. Non scappa una mese, avrai anche me». «Ma che dice Vossignoria!» gli risposi. Ma lui: «Stà zitto», dice. «Senti. Questa cassa, figliuolo mio, mi costa più di vent'onze. Bella, la vedi. Per la sant'anima, capirai, non ho badato a spese. Ma ora la comparsa è fatta, dice. Che se ne fa più la sant'anima di questa bella cassa sottoterra? Peccato sciuparla», dice. «Facciamo cosí. Caliamo la sant'anima», dice, «pulitamente con quella di zinco, che sta dentro; e questa me la riponi: servirà anche per me. Uno di questi giorni, sull'imbrunire, manderò a ritirarla.»

Il Mèndola non volle più né sapere né veder altro. Non gli parve l'ora di giungere al paese per spargervi la nuova di quella cassa da morto, che Piccarone aveva fatto riporre per sé.

Era famoso in paese Gerolamo Piccarone, avvocato e, al tempo dei Borboni, cavaliere di San Gennaro, per la spilorceria e la furbizia. Mal pagatore, poi! Se ne raccontavano sul suo conto da far restare a bocca aperta. Ma questa – pensava il Mèndola, tempestando allegramente di frustate il povero cavalluccio – questa le passava tutte; e vera, ohé, come la stessa verità! La aveva veduta lui, là, la cassa da morto, con gli occhi suoi.

Pregustava le risate che avrebbero accolto il suo racconto bisbigliato con la vocina di Pàmpina, e non avvertiva neppure alla nuvola di polvere e al fragore che il biroccino sollevava per la corsa furiosa del cavalluccio, quand'ecco: — Para! Para! — udí gridare a squarciagola dall'*Osteria del Cacciatore*, che un tal Dolcemàscolo teneva lí su lo stradone.

Due amici, Bartolo Gaglio e Gaspare Ficarra, cacciatori accaniti, seduti davanti all'osteria sotto la pergola, s'erano messi a gridare a quel modo, credendo che il cavalluccio avesse preso la mano al Mèndola.

— Ma che mano! Correvo...

— Ah, tu corri cosí? — disse il Gaglio. — Hai qualche altro collo di ricambio a casa?

— Se sapeste, cari miei! — esclamò il Mèndola, smontando ilare e ansimante; e, per cominciare, narrò a que' due amici la storia della cassa da morto.

Quelli finsero lí per lí di non volerci credere, ma per un modo di dimostrar la loro maraviglia. E allora il Mèndola a giurare che – parola d'onore – la aveva veduta lui, con gli occhi suoi, la cassa da morto, nel bugigattolo di *Sacramento*.

Gli altri due, a loro volta, presero a narrare di Piccarone altre prodezze già note. Il Mèndola voleva rimontar subito sul biroccino; ma quelli avevano già ordinato a Dolcemàscolo un bicchiere per l'amico assessore, e volevano che questi bevesse.

Dolcemàscolo però era rimasto lí, come un ceppo.

— Dolcemàscolo, ohé! — gli gridò il Gaglio.

L'oste, col berretto di pelo a barca buttato a sghembo su un orecchio, senza giacca, con le maniche della camicia rimboccate su le braccia pelose, si riscosse sospirando:

— Mi perdonino, — disse. — Quaglio, sto quagliando propriamente, a sentire i loro discorsi. Giusto questa mattina il cane del cavalier Piccarone, *Turco*, quella brutta bestiaccia che va e viene da sé dalle terre del Cannatello alla villetta quassú… ma sanno che m'ha fatto? Più di venti rocchi di salsiccia m'ha rubati, che tenevo lí su lo sporto, che gli facciano veleno! Fortuna, dico, che ho due testimonii!

Il Mèndola, il Gaglio, il Ficarra scoppiarono a ridere. Il Mèndola disse:

— Te li sali, caro mio!

Dolcemàscolo alzò un pugno; schizzò fiamme dagli occhi:

— Ah no, perdio! a me la salsiccia me la pagherà! Me la pagherà, me la pagherà, — ribatté di fronte alle risate incredule e al negare ostinato dei tre avventori. — Lor signori vedranno. Ho trovato la via. So di che pelame è!

E con un gesto furbesco, che gli era abituale, strizzò un occhio e con l'indice teso si tirò giú la palpebra dell'altro.

Che via avesse trovato, non volle dire; disse che aspettava dalla campagna i due contadini che erano stati presenti, la mattina, al furto della salsiccia, e che con essi prima di sera si sarebbe recato alla villetta di Piccarone.

Il Mèndola rimontò sul biroccino, senza bere; Gaglio e Ficarra saldarono il conto e, dopo aver consigliato all'oste di piantare per il suo meglio quell'impresa di farsi pagare, andarono via.

A metter sú quella villetta d'un sol piano, sul viale all'uscita del paese, Gerolamo Piccarone, avvocato e cavaliere di San Gennaro al tempo di Re Bomba, s'era industriato per più di vent'anni, ed era fama non gli fosse costata neppure un centesimo.

Le male lingue dicevano ch'era fatta di sassolini trovati per via e sospinti fin là a uno a uno coi piedi dallo stesso Piccarone.

Il quale era pure un dottissimo giureconsulto, e uomo d'alta mente e di profondo spirito filosofico. Un suo libro su lo Gnosticismo, un altro su la Filosofia Cristiana erano stati anche tradotti in lingua tedesca, dicevano.

Ma era *malva* di tre cotte, Piccarone, cioè nemico acerrimo di ogni novità. Andava ancora vestito alla moda del ventuno; portava la barba a collana; tozzo, rude, insaccato nelle spalle, con le ciglia sempre aggrottate e gli occhi socchiusi, si grattava di continuo il mento e approvava i suoi segreti pensieri con frequenti grugniti.

— Uh... uh... uh... l'Italia!... hanno fatto l'Italia... che bella cosa, uh, l'Italia... ponti e strade... uh... illuminazione... esercito e marina... uh... uh... uh... istruzione obbligatoria... e se voglio restar somaro? nossignore! istruzione obbligatoria... tasse! e Piccarone paga...

Pagava poco o nulla, veramente, a furia di sottilissimi cavilli, che stancavano ed esasperavano la pazienza più esercitata. Concludeva sempre cosí:

— Che c'entro io? Le ferrovie? Non viaggio. L'illuminazione? Non esco di sera. Non pretendo nulla io; grazie; non voglio nulla. Un po' d'aria soltanto, per respirare. L'avete fatta anche voi, l'aria? Debbo pagare anche l'aria che respiro?

S'era infatti appartato in quella sua villetta, ritirato dalla professione, che pure fino a pochi anni addietro gli aveva dato lauti guadagni. Ne doveva aver messi da parte parecchi. A chi li avrebbe lasciati, alla sua morte? Non aveva parenti, né prossimi né lontani. E i biglietti di banca magari, sí, avrebbe potuto portarseli giú con sé, in quella bella cassa da morto che s'era fatta riporre. Ma la villetta? e il podere laggiú al Cannatello?

Quando Dolcemàscolo, in compagnia de' due contadini, si fece innanzi al cancello, *Turco*, il canaccio di guardia, come se avesse compreso che l'oste veniva per lui, si fogò furibondo contro le sbarre. Il vecchio servo accorso non fu buono a trattenerlo e allontanarlo. Bisognò che Piccarone, il quale se ne stava a leggere nel chiosco in mezzo al giardinetto, lo chiamasse col fischio e lo tenesse poi agguantato per il collare, finché il servo non venne a incatenarlo.

Dolcemàscolo, che la sapeva lunga, s'era vestito di domenica e, bello raso, tra quei due poveri contadini che ritornavano stanchi e cretosi dal lavoro, appariva più del solito prosperoso e signorile, con un certo viso latte e rosa, ch'era una bellezza a vedere, e la simpatia di quel porretto peloso sulla guancia destra, presso la bocca, arricciolato.

Entrò nel chiosco esclamando, con finta ammirazione:

— Gran bel cane! Gran bella bestia! Che guardia! Vale tant'oro quanto pesa.

Piccarone, con le ciglia aggrottate e gli occhi socchiusi, grugní più volte, assentendo col capo a quegli elogi; poi disse:

— Che volete? Sedete.

E indicò gli sgabelletti di ferro, disposti giro giro nel chiosco.

Dolcemàscolo ne trasse uno avanti, presso la tavola, dicendo ai due contadini:

— Sedete là, voi. Vengo da Vossignoria, uomo di legge, per un parere.

Piccarone aprí gli occhi.

— Non faccio più l'avvocato, caro mio, da tanto tempo.

— Lo so, — s'affrettò a soggiungere Dolcemàscolo. — Vossignoria però è uomo di legge antico. E mio padre, sant'anima, mi diceva sempre: «Segui gli antichi, figlio mio!». So poi quant'era coscienzioso Vossignoria nella professione. Dei giovani avvocatucci d'oggi poco mi fido. Non voglio attaccar lite con nessuno, badi! Fossi matto... Sono venuto qua per un semplice parere, che Vossignoria solo mi può dare.

Piccarone richiuse gli occhi:

— Parla, t'ascolto.

— Vossignoria sa, — cominciò Dolcemàscolo. Ma Piccarone ebbe uno scatto e uno sbuffo:

— Uh, quante cose so io! Quante ne sai tu! *So, so, sa...* E vieni al caso, caro mio!

Dolcemàscolo rimase un po' male; tuttavia sorrise e ricominciò:

— Sissignore. Volevo dire che Vossignoria sa che ho sullo stradone una trattoria...

— *Del Cacciatore*, sí: ci sono passato tante volte.

— Andando al Cannatello, già. E avrà veduto allora certamente che su lo sporto, sotto la pergola, tengo sempre esposta un po' di roba: pane, frutta, qualche presciutto.

Piccarone accennò di sí col capo, poi aggiunse misteriosamente:

— Veduto e sentito anche, qualche volta.

— Sentito?

— Che sanno di rena, figliuolo. Capirai, la polvere dello stradone… Basta, vieni al caso.

— Ecco, sissignore, — rispose Dolcemàscolo, ingollando. — Poniamo che io su lo sporto tenga esposta un po' di… salsiccia, putacaso. Ora, Vossignoria… forse questo… già!… stavo per dire di nuovo… ma è un mio vezzo… Vossignoria forse non lo sa, ma di questi giorni abbiamo il passo delle quaglie. Dunque, per lo stradone, cacciatori, cani, continuamente. Vengo, vengo al caso! Passa un cane, signor Cavaliere, spicca un salto e m'afferra la salsiccia dallo sporto.

— Un cane?

— Sissignore. Io mi precipito dietro, e con me questi due poveracci ch'erano entrati nella bottega per comperarsi un po' di companatico prima di recarsi in campagna, al lavoro. È vero, sí o no? Corriamo tutti e tre insieme, appresso al cane; ma non riusciamo a raggiungerlo. Del resto, anche a raggiungerlo, Vossignoria mi dica che avrei potuto farmene più di quella salsiccia addentata e strascinata per tutto lo stradone… Inutile raccattarla! Ma io riconosco il cane; so a chi appartiene.

— U… un momento, — interruppe a questo punto Piccarone. — Non c'era il padrone?

— Nossignore! — rispose subito Dolcemàscolo. — Tra quei cacciatori là non c'era. Si vede che il cane era scappato di casa. Bestie da fiuto, capirà, sentono la caccia, soffrono a star chiusi: scappano. Basta. So, come le ho detto, a chi appartiene il cane; lo sanno anche questi due amici miei, presenti al furto. Ora Vossignoria, uomo di legge, mi deve dire semplicemente se il padrone del cane è tenuto a risarcirmi del danno, ecco!

Piccarone non pose tempo a rispondere:

— Sicuro che è tenuto, figliuolo.

Dolcemàscolo balzò dalla gioja, ma subito si contenne; si volse a' due contadini:

— Avete sentito? Il signor avvocato dice che il padrone del cane è tenuto a risarcirmi del danno.

— Tenutissimo, tenutissimo, — raffermò Piccarone. — T'avevano detto forse di no?

— Nossignore, — rispose Dolcemàscolo gongolante, giungendo le mani. — Ma Vossignoria mi deve perdonare se, da povero ignorante come sono, ho fatto debolmente un giro cosìlungo per venirle a dire che Vossignoria deve pagarmi la salsiccia, perché il cane che me l'ha rubata è proprio il suo, *Turco*.

Piccarone stette un pezzo a guardare Dolcemàscolo come allocchito; poi, tutt'a un tratto, abbassò gli occhi e si mise a leggere nel libraccio che teneva aperto su la tavola.

I due contadini si guardarono negli occhi; Dolcemàscolo alzò una mano per far loro cenno di non fiatare.

Piccarone, fingendo tuttavia di leggere, si grattò il mento con una mano, grugnì, disse:

— Dunque *Turco* è stato?

— Glielo posso giurare, signor Cavaliere! — esclamò Dolcemàscolo, alzandosi in piedi e incrociando le mani sul petto per dar solennità al giuramento.

— E sei venuto qua, — riprese, cupo e calmo, Piccarone, — con due testimoni, eh?

— Nossignore! — negò subito Dolcemàscolo. — Per il caso che Vossignoria non avesse voluto credere alle mie parole.

— Ah, per questo? — borbottò Piccarone. — Ma io ti credo, caro mio. Siedi. Sei un gran dabbenuomo. Ti credo e ti pago. Godo fama di mal pagatore, eh?

— Chi lo dice, signor Cavaliere?

— Tutti lo dicono! E lo credi anche tu, va' là. Due... uh... due testimoni...

— Per la verità, tanto per lei, quanto per me!

— Bravo, sí: tanto per me, quanto per te; dici bene. Le tasse ingiuste, caro mio, non voglio pagare; ma quel ch'è giusto, sí, lo pago volentieri; l'ho sempre pagato. *Turco* t'ha rubato la salsiccia? Dimmi quant'è e te la pago.

Dolcemàscolo, venuto con la prevenzione di dover combattere chi sa che battaglia contro i cavilli e le insidie di quel vecchio rospo, di fronte a tanta remissione, s'abbiosciò a un tratto, mortificato.

— Una sciocchezza, signor Cavaliere, — disse. — Saranno stati una ventina di rocchi, poco più poco meno. Non mette quasi conto di parlarne.

— No no, — rispose Piccarone, fermo. — Dimmi quant'è: te la devo e te la voglio pagare. Subito, figliuolo mio! Tu lavori; hai patito un danno; devi essere risarcito. Quant'è?

Dolcemàscolo si strinse nelle spalle, sorrise e disse:

— Venti rocchi di quei grossi… due chili… a una lira e venti il chilo…

— Cosìa poco la vendi? — domandò Piccarone.

— Capirà, — rispose Dolcemàscolo, tutto miele. — Vossignoria non l'ha mangiata. Gliela faccio pagare (non vorrei…) gliela faccio pagare per quanto costa a me.

— Nient'affatto! — negò Piccarone. — Se non l'ho mangiata io, l'ha mangiata il mio cane. Dunque, si dice… a occhio, due chili. Va bene a due lire il chilo?

— Faccia come crede.

— Quattro lire. Benone. Ora dimmi un po', figliuolo mio: venticinque meno quattro, quanto fanno? Ventuno, se non m'inganno. Bene. Mi dai ventuna lira e non ne parliamo più.

Dolcemàscolo, lí per lí, credette d'aver inteso male.

— Come dice?

— Ventuna lira, — ripeté placido Piccarone. — Qua ci sono due testimoni, per la verità, tanto per me, quanto per te, va bene? Tu sei venuto da me per un parere. Ora, io, i pareri, figliuolo mio, i consulti legali, li faccio pagare venticinque lire. Tariffa. Quattro te ne devo di salsicce; dammene ventuna, e non se ne parli più.

Dolcemàscolo lo guardò in faccia, perplesso, se ridere o piangere, non volendo credere che dicesse sul serio e parendogli tuttavia che non scherzasse.

— Io a... a lei? — balbettò.

— Mi par chiaro, figliuolo, — spiegò Piccarone. — Tu fai l'oste; io, debolmente, l'avvocato. Ora, come io non nego il tuo diritto al risarcimento, cosìtu non negherai il mio per i lumi che m'hai chiesti e che t'ho dati. Adesso sai che se un cane ti ruba la salsiccia, il padrone del cane è tenuto a fartene indenne. Lo sapevi prima? No! Le cognizioni si pagano, caro mio. Ho penato e speso tanto io per apprenderle! Credi che ti faccia celia?

— Ma sissignore! — confessò Dolcemàscolo con le lagrime in pelle, aprendo le braccia. — Io le abbono le salsicce, signor Cavaliere: sono un povero ignorante; mi perdoni, e non ne parliamo più davvero.

— Ah no, ah no, caro mio! — esclamò Piccarone. — Non abbono niente io. Il diritto è diritto, tanto per te quanto per me. Pago io, pago, voglio pagare. Pagare ed esser pagato. Stavo qua a studiare, come vedi; m'hai fatto perdere un'ora di tempo. Ventuna lira. Tariffa. Se non ne sei ben persuaso, da' ascolto a me, caro: va' da un altro avvocato a domandare se mi spetti o no questo compenso. Ti do tre giorni. Se in capo al terzo giorno non mi avrai pagato, sta' pur sicuro, figliuolo mio, che ti cito.

— Ma signor Cavaliere! — scongiurò di nuovo Dolcemàscolo a mani giunte, alterandosi però in volto improvvisamente.

Piccarone alzò il mento, alzò le mani:

— Non sento ragioni. Ti cito!

Dolcemàscolo allora perdette il lume degli occhi. L'ira lo acciuffò. Che era il danno? Niente. Alle beffe pensò, che avrebbe avute, che già indovinava guardando le facce allegre di quei due contadini: lui che si credeva tanto scaltro, lui che s'era impegnato di spuntarla e già aveva quasi toccato con mano la vittoria. Tale impeto gli diede il vedersi preso, ora, quando meno se l'aspettava, nella sua stessa ragna, che si trovò d'un tratto mutato in bestia feroce.

— Ah, perciò, — disse, accostandoglisi, con le mani levate e contratte, — perciò è cosìladro il suo cane? L'ha addottorato lei!

Piccarone si levò in piedi, torbido, levò un braccio:

— Esci fuori! Risponderai anche d'ingiurie a un galantuomo che...

— Galantuomo? — ruggí Dolcemàscolo, afferrandogli quel braccio e scotendoglielo furiosamente.

I due contadini si precipitarono per trattenerlo; ma tutt'a un tratto, che è che non è, il vecchio si abbandonò appeso inerte per quel braccio alle mani violente di Dolcemàscolo. E come questi, allibito, le aprí, cascò prima a sedere su lo sgabello, traboccò poi da un lato e rotolò per terra giú tutto in un fascio.

Di fronte al terrore de' due contadini, Dolcemàscolo contrasse il volto, come per uno spasimo di riso. O che? Non lo aveva nemmeno toccato.

Quelli si chinarono sul giacente, gli mossero un braccio.

— Scappate... scappate...

Dolcemàscolo li guardò entrambi, come inebetito. Scappare?

S'intese, in quel punto, cigolare una banda del cancello, e si vide la cassa da morto, che il vecchio aveva fatto riporre per sé, entrare in trionfo su le spalle di due portantini ansanti, quasi chiamati lí per lí, al bisogno.

A tale apparizione restarono tutti come basiti.

Dolcemàscolo non pensò che Nocio Pàmpina, detto *Sacramento*, dopo la visita e l'osservazione dell'assessore, si fosse affrettato a mettersi in regola, rimandando a destino quella cassa; ma si ricordò in un lampo di ciò che il Mèndola aveva detto la mattina, là, nella trattoria; e, all'improvviso, in quella cassa vuota che aspettava e sopravveniva ora al punto giusto come chiamata misteriosamente, vide il destino, il destino che s'era servito di lui, della sua mano.

S'afferrò la testa e si mise a gridare:

— Eccola! Eccola! Questa lo chiamava! Siatemi tutti testimoni che non l'ho nemmeno toccato! Questa lo chiamava! L'aveva fatta metter da parte per sé! Ed eccola qua che viene, perché doveva morire!

E prendendo per le braccia i due portantini per scuoterli dallo stupore:

— Non è vero? Non è vero? Ditelo voi!

Ma non erano per nulla stupiti, quei due portantini. Da che avevano portata appunto quella cassa da morto, era per loro la cosa più naturale del mondo che trovassero morto l'avvocato Piccarone. Si strinsero nelle spalle, e:

— Ma sí, — dissero, — eccoci qua.

Il treno ha fischiato...

Farneticava. Principio di febbre cerebrale, avevano detto i medici; e lo ripetevano tutti i compagni d'ufficio, che ritornavano a due, a tre, dall'ospizio, ov'erano stati a visitarlo.

Pareva provassero un gusto particolare a darne l'annunzio coi termini scientifici, appresi or ora dai medici, a qualche collega ritardatario che incontravano per via:

— Frenesia, frenesia.

— Encefalite.

— Infiammazione della membrana.

— Febbre cerebrale.

E volevan sembrare afflitti; ma erano in fondo cosìcontenti, anche per quel dovere compiuto; nella pienezza della salute, usciti da quel triste ospizio al gajo azzurro della mattinata invernale.

— Morrà? Impazzirà?

— Mah!

— Morire, pare di no...

— Ma che dice? che dice?

— Sempre la stessa cosa. Farnetica...

— Povero Belluca!

E a nessuno passava per il capo che, date le specialissime condizioni in cui quell'infelice viveva da tant'anni, il suo caso poteva anche essere naturalissimo; e che tutto ciò che Belluca diceva e che pareva a tutti delirio, sintomo della frenesia, poteva anche essere la spiegazione più semplice di quel suo naturalissimo caso.

Veramente, il fatto che Belluca, la sera avanti, s'era fieramente ribellato al suo capo-ufficio, e che poi, all'aspra riprensione di questo, per poco non gli s'era scagliato addosso, dava un serio argomento alla supposizione che si trattasse d'una vera e propria alienazione mentale.

Perché uomo più mansueto e sottomesso, più metodico e paziente di Belluca non si sarebbe potuto immaginare.

Circoscritto... sí, chi l'aveva definito cosí? Uno dei suoi compagni d'ufficio. Circoscritto, povero Belluca, entro i limiti angustissimi della sua arida mansione di computista, senz'altra memoria che non fosse di partite aperte, di partite semplici o doppie o di storno, e di defalchi e prelevamenti e impostazioni; note, librimastri, partitarii, stracciafogli e via dicendo. Casellario ambulante: o piuttosto, vecchio somaro, che tirava zitto zitto, sempre d'un passo, sempre per la stessa strada la carretta, con tanto di paraocchi.

Orbene, cento volte questo vecchio somaro era stato frustato, fustigato senza pietà, cosìper ridere, per il gusto di vedere se si riusciva a farlo imbizzire un po', a fargli almeno almeno drizzare un po' le orecchie abbattute, se non a dar segno che volesse levare un piede per sparar qualche calcio. Niente! S'era prese le frustate ingiuste e le crudeli punture in santa pace, sempre, senza neppur fiatare, come se gli toccassero, o meglio, come se non le sentisse più, avvezzo com'era da anni e anni alle continue solenni bastonature della sorte.

Inconcepibile, dunque, veramente, quella ribellione in lui, se non come effetto d'una improvvisa alienazione mentale.

Tanto più che, la sera avanti, proprio gli toccava la riprensione; proprio aveva il diritto di fargliela, il capo-ufficio. Già s'era presentato, la mattina, con un'aria insolita, nuova; e – cosa veramente enorme, paragonabile, che so? al crollo d'una montagna – era venuto con più di mezz'ora di ritardo.

Pareva che il viso, tutt'a un tratto, gli si fosse allargato. Pareva che i paraocchi gli fossero tutt'a un tratto caduti, e gli si fosse scoperto, spalancato d'improvviso all'intorno lo spettacolo della vita. Pareva che gli orecchi tutt'a un tratto gli si fossero sturati e percepissero per la prima volta voci, suoni non avvertiti mai.

Cosìilare, d'una ilarità vaga e piena di stordimento, s'era presentato all'ufficio. E, tutto il giorno, non aveva combinato niente.

La sera, il capo-ufficio, entrando nella stanza di lui, esaminati i registri, le carte:

— E come mai? Che hai combinato tutt'oggi?

Belluca lo aveva guardato sorridente, quasi con un'aria d'impudenza, aprendo le mani.

— Che significa? — aveva allora esclamato il capo-ufficio, accostandoglisi e prendendolo per una spalla e scrollandolo. — Ohé, Belluca!

— Niente, — aveva risposto Belluca, sempre con quel sorriso tra d'impudenza e d'imbecillità su le labbra. — Il treno, signor Cavaliere.

— Il treno? Che treno?

— Ha fischiato.

— Ma che diavolo dici?

— Stanotte, signor Cavaliere. Ha fischiato. L'ho sentito fischiare…

— Il treno?

— Sissignore. E se sapesse dove sono arrivato! In Siberia… oppure oppure… nelle foreste del Congo… Si fa in un attimo, signor Cavaliere!

Gli altri impiegati, alle grida del capo-ufficio imbestialito, erano entrati nella stanza e, sentendo parlare cosìBelluca, giú risate da pazzi.

Allora il capo-ufficio – che quella sera doveva essere di malumore – urtato da quelle risate, era montato su tutte le furie e aveva malmenato la mansueta vittima di tanti suoi scherzi crudeli.

Se non che, questa volta, la vittima, con stupore e quasi con terrore di tutti, s'era ribellata, aveva inveito, gridando sempre quella stramberia del treno che aveva fischiato, e che, perdio, ora non più, ora ch'egli aveva sentito fischiare il treno, non poteva più, non voleva più esser trattato a quel modo.

Lo avevano a viva forza preso, imbracato e trascinato all'ospizio dei matti.

Seguitava ancora, qua, a parlare di quel treno. Ne imitava il fischio. Oh, un fischio assai lamentoso, come lontano, nella notte; accorato. E, subito dopo, soggiungeva:

— Si parte, si parte… Signori, per dove? per dove?

E guardava tutti con occhi che non erano più i suoi. Quegli occhi, di solito cupi, senza lustro, aggrottati, ora gli ridevano lucidissimi, come quelli d'un bambino o d'un uomo felice; e frasi senza costrutto gli uscivano dalle labbra. Cose inaudite, espressioni poetiche, immaginose, bislacche, che tanto più stupivano, in quanto non si poteva in alcun modo spiegare come, per qual prodigio, fiorissero in bocca a lui, cioè a uno che finora non s'era mai occupato d'altro che di cifre e registri e cataloghi, rimanendo come cieco e sordo alla vita: macchinetta di computisteria. Ora parlava di *azzurre fronti* di montagne nevose, levate al cielo; parlava di viscidi cetacei che, voluminosi, sul fondo dei mari, con la coda *facevan la virgola*. Cose, ripeto, inaudite.

Chi venne a riferirmele insieme con la notizia dell'improvvisa alienazione mentale rimase però sconcertato, non notando in me, non che meraviglia, ma neppur una lieve sorpresa.

Difatti io accolsi in silenzio la notizia.

E il mio silenzio era pieno di dolore. Tentennai il capo, con gli angoli della bocca contratti in giú, amaramente, e dissi:

— Belluca, signori, non è impazzito. State sicuri che non è impazzito. Qualche cosa dev'essergli accaduta; ma naturalissima. Nessuno se la può spiegare, perché nessuno sa bene come quest'uomo ha vissuto finora. Io che lo so, son sicuro che mi spiegherò tutto naturalissimamente, appena l'avrò veduto e avrò parlato con lui.

Cammin facendo verso l'ospizio ove il poverino era stato ricoverato, seguitai a riflettere per conto mio:

«A un uomo che viva come Belluca finora ha vissuto, cioè una vita "impossibile", la cosa più ovvia, l'incidente più comune, un qualunque lievissimo inciampo impreveduto, che so io, d'un ciottolo per via, possono produrre effetti straordinarii, di cui nessuno si può dar la spiegazione, se non pensa appunto che la vita di quell'uomo è "impossibile". Bisogna condurre la spiegazione là, riattaccandola a quelle condizioni di vita impossibili, ed essa apparirà allora semplice e chiara. Chi veda soltanto una coda, facendo astrazione dal mostro a cui essa appartiene, potrà stimarla per se stessa mostruosa. Bisognerà riattaccarla al mostro; e allora non sembrerà più tale; ma *quale dev'essere*, appartenendo a quel mostro.

«Una coda naturalissima.»

Non avevo veduto mai un uomo vivere come Belluca.

Ero suo vicino di casa, e non io soltanto, ma tutti gli altri inquilini della casa si domandavano con me come mai quell'uomo potesse resistere in quelle condizioni di vita.

Aveva con sé tre cieche, la moglie, la suocera e la sorella della suocera: queste due, vecchissime, per cataratta; l'altra, la moglie, senza cataratta, cieca fissa; palpebre murate.

Tutt'e tre volevano esser servite. Strillavano dalla mattina alla sera perché nessuno le serviva. Le due figliuole vedove, raccolte in casa dopo la morte dei mariti, l'una con quattro, l'altra con tre figliuoli, non avevano mai né tempo né voglia da badare ad esse; se mai, porgevano qualche ajuto alla madre soltanto.

Con lo scarso provento del suo impieguccio di computista poteva Belluca dar da mangiare a tutte quelle bocche? Si procurava altro lavoro per la sera, in casa: carte da ricopiare. E ricopiava tra gli strilli indiavolati di quelle cinque donne e di quei sette ragazzi finché essi, tutt'e dodici, non trovavan posto nei tre soli letti della casa.

Letti ampii, matrimoniali; ma tre.

Zuffe furibonde, inseguimenti, mobili rovesciati, stoviglie rotte, pianti, urli, tonfi, perché qualcuno dei ragazzi, al bujo, scappava e andava a cacciarsi fra le tre vecchie cieche, che dormivano in un letto a parte, e che ogni sera litigavano anch'esse tra loro, perché nessuna delle tre voleva stare in mezzo e si ribellava quando veniva la sua volta.

Alla fine, si faceva silenzio, e Belluca seguitava a ricopiare fino a tarda notte, finché la penna non gli cadeva di mano e gli occhi non gli si chiudevano da sé.

Andava allora a buttarsi, spesso vestito, su un divanaccio sgangherato, e subito sprofondava in un sonno di piombo, da cui ogni mattina si levava a stento, più intontito che mai.

Ebbene, signori: a Belluca, in queste condizioni, era accaduto un fatto naturalissimo.

Quando andai a trovarlo all'ospizio, me lo raccontò lui stesso, per filo e per segno. Era, sí, ancora esaltato un po', ma *naturalissimamente*, per ciò che gli era accaduto. Rideva dei medici e degli infermieri e di tutti i suoi colleghi, che lo credevano impazzito.

— Magari! — diceva. — Magari!

Signori, Belluca, s'era dimenticato da tanti e tanti anni – ma proprio dimenticato – che il mondo esisteva.

Assorto nel continuo tormento di quella sua sciagurata esistenza, assorto tutto il giorno nei conti del suo ufficio, senza mai un momento di respiro, come una bestia bendata, aggiogata alla stanga d'una nòria o d'un molino, sissignori, s'era dimenticato da anni e anni – ma proprio dimenticato – che il mondo esisteva.

Due sere avanti, buttandosi a dormire stremato su quel divanaccio, forse per l'eccessiva stanchezza, insolitamente, non gli era riuscito d'addormentarsi subito. E, d'improvviso, nel silenzio profondo della notte, aveva sentito, da lontano, fischiare un treno.

Gli era parso che gli orecchi, dopo tant'anni, chi sa come, d'improvviso gli si fossero sturati.

Il fischio di quel treno gli aveva squarciato e portato via d'un tratto la miseria di tutte quelle sue orribili angustie, e quasi da un sepolcro scoperchiato s'era ritrovato a spaziare anelante nel vuoto arioso del mondo che gli si spalancava enorme tutt'intorno.

S'era tenuto istintivamente alle coperte che ogni sera si buttava addosso, ed era corso col pensiero dietro a quel treno che s'allontanava nella notte.

C'era, ah! c'era, fuori di quella casa orrenda, fuori di tutti i suoi tormenti, c'era il mondo, tanto, tanto mondo lontano, a cui quel treno s'avviava… Firenze, Bologna, Torino, Venezia… tante città, in cui egli da giovine era stato e che ancora, certo, in quella notte sfavillavano di luci sulla terra. Sí, sapeva la vita che vi si viveva! La vita che un tempo vi aveva vissuto anche lui! E seguitava, quella vita; aveva sempre seguitato, mentr'egli qua, come una bestia bendata, girava la stanga del molino. Non ci aveva pensato più! Il mondo s'era chiuso per lui, nel tormento della sua casa, nell'arida, ispida angustia della sua computisteria… Ma ora, ecco, gli rientrava, come per travaso violento, nello spirito. L'attimo, che scoccava per lui, qua, in questa sua prigione, scorreva come un brivido elettrico per tutto il mondo, e lui con l'immaginazione d'improvviso risvegliata poteva, ecco, poteva seguirlo per città note e ignote, lande, montagne, foreste, mari… Questo stesso brivido, questo stesso palpito del tempo. C'erano, mentr'egli qua viveva questa vita «impossibile», tanti e tanti milioni d'uomini sparsi su tutta la terra, che vivevano diversamente. Ora, nel medesimo attimo ch'egli qua soffriva, c'erano le montagne solitarie nevose che levavano al cielo notturno le *azzurre fronti*… Sí, sí, le vedeva, le vedeva, le vedeva cosí… c'erano gli oceani… le foreste…

E, dunque, lui – ora che il mondo gli era rientrato nello spirito – poteva in qualche modo consolarsi! Sí, levandosi ogni tanto dal suo tormento, per prendere con l'immaginazione una boccata d'aria nel mondo.

Gli bastava!

Naturalmente, il primo giorno, aveva ecceduto. S'era ubriacato. Tutto il mondo, dentro d'un tratto: un cataclisma. A poco a poco, si sarebbe ricomposto. Era ancora ebro della troppa troppa aria, lo sentiva.

Sarebbe andato, appena ricomposto del tutto, a chiedere scusa al capo-ufficio, e avrebbe ripreso come prima la sua computisteria. Soltanto il capo-ufficio ormai non doveva pretender troppo da lui come per il passato: doveva concedergli che di tanto in tanto, tra una partita e l'altra da registrare, egli facesse una capatina, sí, in Siberia… oppure oppure… nelle foreste del Congo:

— Si fa in un attimo, signor Cavaliere mio. Ora che il treno ha fischiato...

Zia Michelina

Quando il vecchio Marruca morí, il nipote – Marruchino come lo chiamavano – aveva circa vent'anni, e stava per partire soldato.

Cappellone, *un due*, povero Marruchino!

Senza figli del primo letto, lo zio gli s'era tanto affezionato che, rimasto vedovo, non aveva voluto ridarlo al fratello, di cui era figliuolo; anzi proprio per lui ancora in tenera età e bisognoso di cure materne, aveva, benché anziano, ripreso moglie. Sapeva che non avrebbe avuto mai figliuoli da parte sua; robusto però e ben piantato come un albero da ombra e non da frutto, aveva sempre tenuto a dimostrare che, se frutti non ne dava, questo non dipendeva da scarso vigore. Ragion per cui s'era scelta giovanissima la nuova sposa. E della scelta non s'era pentito.

Zia Michelina, di sangue placido, d'indole mite, subito s'era sentita a posto in quella casa di contadini arricchiti, ove tutto odorava delle abbondanti quotidiane provviste della campagna lontana e tutto aveva la solida quadratura dell'antica vita patriarcale. S'era mostrata paga del marito, pur di tant'anni maggiore di lei, e amorosissima del nipotino.

Ora questo nipotino – eccolo qua – era cresciuto, aveva vent'anni. E lei che non ne aveva ancora quaranta, si considerava già vecchia.

Piansero molto, l'una e l'altro, quella il marito e questi lo zio; il quale, da quel brav'uomo pieno di senno ch'era sempre stato, aveva nel testamento disposto che la proprietà più che modesta dei beni (case e poderi) andasse al nipote, e intero alla moglie l'usufrutto, vita natural durante. A patto, s'intende, che non avesse ripreso marito.

Marruchino (si chiamava veramente Simonello) partí per servir la patria con gli occhi ancora rossi di pianto. Un po' per quel servizio alla patria, un po' per lo zio.

Come una buona mamma, zia Michelina gli fece coraggio; gli raccomandò di pensar sempre a lei, e che le scrivesse appena aveva bisogno di qualche cosa, subito, che subito lei si sarebbe data cura di contentarlo in tutto; lei che restava sola, *amara* lei! a custodirgli per suo conforto la cameretta, il lettino, la guardaroba e ogni cosa, cosìcome la lasciava.

Partito Marruchino, si diede tutta al governo dei poderi e delle case, come un uomo.

Negli ultimi tempi, non potendo più lo zio a causa dell'età, vi aveva atteso lui Marruchino, tolto presto dalle scuole, non perché fosse privo d'ingegno, ma anzi – a giudizio dello zio – perché ne aveva troppo. Difatti, non c'era stato mai verso di fargli intendere che gli potesse recar vantaggio il sapere che cosa gli altri uomini avevano fatto, fin dal tempo dei tempi, sulla faccia della terra.

Marruchino sapeva bene che cosa vi avrebbe fatto lui. Perché immischiarsi nei fatti degli altri? Le altre parti del mondo? Quali? L'America? Non ci sarebbe mai andato. L'Africa? L'Asia? Le montagne che c'erano? i fiumi, i laghi, le città? Ma a lui bastava conoscer bene il pezzetto di terra in cui Dio aveva voluto farlo nascere!

Più ingegno di cosí?

Le lettere che ora mandava dal reggimento erano l'unico conforto di zia Michelina, quantunque, attraverso lo stento che le costava il decifrarle, le apparisse sempre più manifesto da esse, che Marruchino al reggimento aveva perduto del tutto quel battagliero buonumore con cui fin da ragazzo s'era coraggiosamente difeso, ribellandosi a una soverchia istruzione. Non si diceva intristito per la durezza della vita militare o per la lontananza dai luoghi cari, dalle persone care: tutt'altro! diceva anzi che voleva rinnovar la ferma e non ritornare mai più in paese, per una certa disperazione che gli era entrata nell'anima.

Disperazione? Che disperazione?

Più volte la zia lo pregò, lo scongiurò di confidargliela; Marruchino rispose sempre che non poteva; che non sapeva.

Eh, innamorato, certo... ci voleva poco a intenderlo. Qualche passionaccia contrastata. Ragazzaccio! Bisognava mandargli danaro, molto danaro, perché si distraesse.

Con grande stupore zia Michelina si vide rimandare indietro il danaro, accompagnato da una protesta furiosa:

ch'egli non voleva questo; ch'egli voleva esser capito, capito, capito.

Smarrita, stordita, zia Michelina stava a domandarsi ancora che cosa dovesse capire, quando, improvvisamente, ecco Marruchino piombarle in casa, in licenza.

Restò, nel vederselo davanti cosìcangiato, che quasi non pareva più lui. Magro, tutto occhi, come roso dentro da un verme che non gli desse requie.

— Io? Che cosa? Che vuoi da me? Che debbo capire?

Quante più carezze gli prodigò, tanto più furioso divenne. Alla fine, come un forsennato, se ne scappò via a passar gli ultimi giorni della licenza in uno dei poderi più lontani dal paese.

Nel vederlo scappar via cosí, ripensando al modo con cui la aveva guardata sottraendosi alle sue premure materne, alle sue carezze, zia Michelina si vide a un tratto assalire da un sospetto che le fece orrore; cadde a sedere su una seggiola, e rimase lí per un pezzo, pallida, con gli occhi sbarrati, a grattarsi con le dita la fronte:

— Possibile? Possibile?

Non osò mandare nessuno a prender notizie di lui, al podere.

Pochi giorni dopo, un contadino venne a ritirar la valigia e il cappotto di soldato e ad annunziare che il padroncino partiva il giorno dopo, perché la licenza era spirata.

Zia Michelina guardò a lungo in faccia quel contadino, come intronata. Partiva, senza neanche venire a salutarla? Ebbene, sí; forse meglio cosí.

E per quel contadino gli mandò una buona sommetta di danaro e la sua «materna» benedizione.

Quattro giorni dopo, venne alla casa di zia Michelina il cognato, padre di Marruchino, che dal giorno della morte del fratello non s'era più fatto vedere, a causa del testamento.

— Cara comare... cara comare...

«Comare» la chiamava e non cognata, perché l'altra, la prima moglie del fratello, aveva tenuto a battesimo Marruchino. Non era una buona ragione; ma, avendo sempre chiamato compare il fratello per via di quel battesimo, credeva di dover chiamare comare anche la seconda cognata.

— Cara comare...

E aveva negli occhi e sulle labbra un sorrisetto ambiguo, impacciato.

Calvo, secco, coriaceo, non somigliava affatto, né al fratello, né al figliuolo. Vedovo da molti anni, rozzo eppure astuto, sudicio e malvestito per avarizia, parlava senza mai guardare in faccia.

— Abbiamo Simonello furioso... Eh, cara comare, brutto guajo, brutto guajo, l'amore!

— Ah, dunque innamorato? — esclamò zia Michelina. — Benedetto figliuolo! L'ho tanto pregato, scongiurato di dirmi che cosa avesse; di dirlo alla mamma sua, che avrei fatto di tutto per contentarlo. Voi lo sapete, cognato! L'ho trovato qua di due anni, orfano di madre, e l'ho allevato io, come se fosse mio.

— Eh... eh... eh... — cominciò a fare il cognato, dimenando il capo, dimenandosi tutto sulla seggiola, sempre con quel sorrisetto ambiguo negli occhi e sulle labbra. — È appunto questo il guajo, cara comare! appunto questo!

— Questo? Perché? Che dite?

Il cognato, in luogo di rispondere, uscí in una domanda curiosa:

— Vi siete mai guardata allo specchio, cara comare?

Zia Michelina si sentí riassalire improvvisamente dall'orrore di quel primo sospetto. Ma misto di schifo, questa volta. Scattò in piedi.

— Mio figlio? — gli gridò. — Pensare una cosa simile, mio figlio? per me? Gliel'avrete messo in mente voi, demoniaccio tentatore! voi che non vi siete dato mai pace per quel maledetto testamento! Ho saputo tutto, m'hanno riferito tutto; l'avete gridato ai quattro venti che non è stato giusto, perché posso vivere ancora trenta e più anni, io; e che vostro figlio potrebbe anche morire prima ch'io gli lasciassi l'usufrutto della proprietà; e che la proprietà lo zio gliel'ha lasciata solo per guardarla da lontano; e che dovrà aspettare d'esser vecchio per potersi dire veramente padrone. O demoniaccio, e che credete? ch'io avrei lasciato il mio figliuolo cosí, ad aspettare, a sospirare la mia morte? Io, io stessa, appena ritornato, gli avrei detto: «Simonello mio, scegliti una buona compagna; portala qui; tu sarai il padrone; io godrò della tua felicità e alleverò i tuoi figliuoli, com'ho allevato te». Questo mi proponevo di dirgli! Ebbene, scriveteglielo voi! se avete in mente qualcuna che possa piacergli, ditemelo: gliela proporrò io stessa! Ma levate dal capo al vostro figliuolo un'infamia come questa che gli avete suggerita! Peccato mortale!

Il cognato, per quanto in prima sconcertato, non si diede per vinto. Si mostrò offeso dell'accusa; disse che lui non c'entrava; che tutti, parenti e amici, sapute le disposizioni del testamento, tutti d'accordo, avevano pensato che lodevolmente la cosa si potesse accomodar cosí; e che questo era segno che nessuno ci vedeva il male, che voleva vederci lei. Se c'era differenza d'età, che c'era sí, ma non poi tanta com'ella si figurava, questa differenza quasi spariva per la perfetta conservazione e la florida salute di lei, che certo era di quelle donne che non invecchiano mai. E infine, poiché zia Michelina, oppressa dall'onta, s'era messa a piangere, prendendo questo pianto come remissione, per confortarla e dimostrarle che Marruchino aveva ben ragione se si era innamorato di lei, ripeté il consiglio d'andarsi a guardare allo specchio.

— Fuori di qui! — gli gridò allora, levandosi di nuovo come una furia, zia Michelina. — Fuori di qui, demonio! Non voglio più vedervi! Né voi, né vostro figlio! Via il suo letto! via quanto c'è di lui in questa casa! Ah che serpe, mio Dio! che serpe mi sono allevata in petto! Via, via, via!

Per prudenza, il cognato si ritirò.

Zia Michelina rimase a piangere per più giorni di fila.

Vennero le vicine a confortarla, e si sfogò con esse, senza poter frenare ancora le lagrime.

Restò come basita, però, nell'accorgersi a un certo punto che nessuna di quelle vicine comprendeva e apprezzava il sentimento di lei; o meglio, che sí, lo apprezzavano e ne tenevano conto; ma tenevano anche conto del sentimento di lui, di Marruchino, e delle condizioni infelici in cui quel testamento dello zio lo aveva lasciato.

Ma perché infelici? perché?

Esasperata, zia Michelina ripeté alle vicine il suo proponimento di dar moglie al nipote, subito appena di ritorno, e di farlo padrone di tutto e contento.

Approvarono quelle, oh sí, e la lodarono molto; ma dissero, tanto per dire, badiamo! cosí, per ragionare... dissero che pure non era la stessa cosa, per il giovine.

— E che altra cosa allora?

Ecco: se lei non avesse avuto quel sentimento materno che diceva, e avesse invece potuto corrispondere a quello di lui, certo per Marruchino sarebbe stato molto meglio; perché, al modo che diceva lei, egli sarebbe rimasto sempre soggetto, come un figlio di famiglia. Non se ne sarebbe accorto, sta bene, per la bontà di lei! Ma se qualche dissapore, un giorno o l'altro, fosse sorto, com'era facile prevedere, tra donne, cioè tra lei e la moglie di lui, l'una di fronte all'altra, quasi suocera e nuora?

Ecco: c'era da considerar questo!

E i dissapori, si sa come cominciano, non si sa come possano andare a finire.

Zia Michelina si vide, si sentí sola. Sola e come sperduta.

Ma dunque, se questo era il mondo, se in questo mondo, di fronte all'interesse, non si capiva più nulla, neppure il sentimento più santo, quello dell'amor materno, che credevano tutti? che la vera «interessata» fosse lei? che volesse rimaner padrona di tutto e tener soggetto il nipote? Questo credevano? *Interessata*, lei! Ah, se veramente...

Fu un lampo. Balzò in piedi. Corse a guardarsi allo specchio.

Sí. Per vedere, per vedere se fosse tale davvero, tali le sue fattezze, tale il suo aspetto, che il nipote si fosse potuto accecare per lei fino al punto di non pensar più di quale amore lei finora lo aveva amato; e che gli altri lo potessero cosìfacilmente scusare!

No, brutta non era; non mostrava certo ancora gli anni che aveva; ma non era, no, non poteva esser bella per quel ragazzo! Già sotto i capelli biondi sulle tempie, ne aveva tanti appassiti, quasi bianchi. Bianchi sarebbero diventati domani...

No, no! che! Era un'infamia. Era una perfidia.

Ma se almeno per un altro, ecco, se almeno per un vecchio della sua età potesse ancora esser tanto bella e piacente, da esser chiesta in moglie per la sua bellezza soltanto! Ecco, ecco, allora avrebbe lasciato tutto al nipote, a questo perfido che la voleva, che voleva la sua mamma per il danaro! Gliclo avrebbe buttato in faccia e avrebbe dimostrato a tutti che non s'opponeva per questo.

Si vide allora, per parecchi mesi, zia Michelina uscir di casa e andare in chiesa e poi a spasso, tutta attillata, benché vestita di nero, con la *spagnoletta* di pizzo e il ventaglio, le scarpine lucide dai tacchetti alti, ben pettinata e con quell'impaccio particolare delle donne che non vogliono mostrare il desiderio d'esser guardate, e che è pure un'arte per farsi guardare.

Il ventaglio in mano le fremeva agitato convulsamente sotto il mento, a smorzar le vampe della vergogna e della rabbia.

— A spasso, zia Micheli? — le domandava dall'uscio velenosamente qualche vicina.

— A spasso, già! Avete comandi da darmi? — rispondeva dalla strada, inchinandosi con una smorfia di dispetto, che l'ombra dietro, nel sole, le rifaceva goffamente.

Ma dove andava? Non lo sapeva lei stessa. A spasso. E si guardava, andando, la punta delle scarpette; perché, ad alzar gli occhi, non avrebbe saputo dove né che cosa guardare e, sentendosi diventar rossa rossa, si sarebbe messa a piangere, ma proprio a piangere come una ragazzina.

Ora tutti, quasi capissero ch'era uscita di casa non per bisogno ma per mettersi in mostra, si fermavano per vederla passare; si scambiavano occhiate; qualcuno anche per chiasso la chiamava:

— Ps! Ps! — come si fa con le donne di mal affare.

Lei tirava via, più rossa che mai, senza voltarsi, col cuore che le ballava in petto; finché, non potendone più, andava a ficcarsi in qualche chiesa.

Santo Dio, perché faceva cosí? Una donna cerca marito per trovare uno stato. Ora, chi poteva immaginarsi che lei al contrario ne cercava un secondo per perdere quello che il primo le aveva lasciato? S'immaginavano invece che, ancora bella com'era, insofferente della vedovanza, cercasse piuttosto qualcuno con cui darsi bel tempo; e volevano persuaderla che per questo, sí, ne avrebbe trovati quanti ne voleva, e che poteva fare il piacer suo, senza commettere la pazzia di perdere con un secondo matrimonio l'usufrutto dei beni del primo marito. Libera d'ogni obbligo di fedeltà, non doveva dar conto a nessuno, se si metteva con questo o con quello.

A sentir questi discorsi zia Michelina si macerava dentro dallo sdegno, a cui non poteva dar sfogo, perché capiva che veramente l'apparenza era contro di lei. Uno solo, forse, uno solo poteva comprendere perché lei cercava marito, e accoglierla e prendersela in moglie per lo stesso fine: suo cognato, il padre di Marruchino, quel brutto, secco, sudicio avaraccio, a cui non pareva l'ora che il figlio diventasse padrone dell'eredità dello zio. Ecco l'unico mezzo! E cosìlei avrebbe dimostrato a tutti qual era il piacere che andava cercando.

Risoluta, si presentò un giorno in casa del cognato.

— So che andate dicendo a tutti che voglio finire di rovinare vostro figlio, mettendomi con qualcuno, per fargli commettere uno sproposito appena torna da soldato. Io voglio invece il suo bene: sposare, appunto, per levarmi di mezzo e lasciarlo padrone. Cerco uno che mi sposi, e non lo trovo. Mi vogliono tutti, ma nessuno per moglie; perché pare a tutti una pazzia ch'io debba perdere il mio, sposando un altro. Voi solo non potete crederlo, sapendo perché voglio farlo. Ebbene: sposatemi voi!

Il vecchio rimase un pezzo come stordito, a quella proposta a bruciapelo; poi sulle labbra cominciò a delinearglisi quel certo sorrisetto ambiguo dell'altra volta:

— Eh... eh... eh...

E astutamente, attraverso un faticoso garbuglio di parole le fece alla fine intendere che non per gli altri soltanto, ma anche per lui sarebbe stata una pazzia, una solenne pazzia; sí, perché tutto stava che lei, non volendo sposare suo figlio, non si mettesse con altri, e che il beneficio dell'usufrutto restasse in famiglia.

— E come, vecchiaccio? — gli gridò zia Michelina. — Mettendomi con voi? Ah, brutta bestia! E gli interessi di vostro figlio, che predicate e difendete da un anno, finirebbero cosí, trattandosi di voi? Ma piuttosto con un cane, mi metto allora, anziché con voi, laido vecchiaccio! Puh!

E zia Michelina se n'andò su le furie.

Sapeva ormai ciò che le restava da fare.

Appena Marruchino ritornò da soldato e le si presentò più magro e più torbido di com'era venuto in licenza, gli disse:

— Senti, svergognato. So perché vuoi sposare. E questo agli occhi miei, in parte, ti scusa. Tu vuoi che sposi io, perché perda tutto, e tu resti padrone. Ebbene, per questo solo ti sposo... Che fai? no, via! non t'arrischiare! Scostati, o ti tiro questo in faccia!

Marruchino aveva tentato di saltarle al collo per baciarla, e lei avea brandito un lume.

Fremente, con gli occhi sbarrati, dietro la tavola, zia Michelina seguitò a gridargli:

— Se t'arrischi un'altra volta, guaj a te! Lo faccio per lasciarti tutta la libertà di fare quello che ti parrà e piacerà. Pigliati tutte le donne che vuoi, tutti i piaceri che vuoi, a patto di non alzar mai gli occhi su me! Me n'andrò al podere a nascondermi, dove andasti a nasconderti tu per non aver le mie carezze di madre; e là resterò per sempre e non ti farai più vedere da me. Giura! Voglio che lo giuri!

Marruchino si contorse sotto l'imposizione e finse di giurare solo per piegarla a condiscendere alle nozze, non perché riconoscesse ch'ella aveva ragione sospettando di lui, che la volesse per il danaro.

— Bada! — riprese allora zia Michelina. — Tu hai giurato. Sappi, ragazzo, ch'io sono capace di tutto, d'ucciderti o d'uccidermi, se non stai al patto e non mantieni il giuramento. Bada!

Lo mandò via, e non volle più rivederlo fino al giorno stabilito per le nozze.

Andò in chiesa e al municipio vestita di nero, pallida, spettinata e piangente. Finita la cerimonia, lasciò tutti a banchettare; montò su una mula e se ne partí sola per il lontano podere.

Ma un po' la vanità, un po' le beffe della gente, un po' la parte che s'era assunta d'innamorato, persuasero Marruchino, dopo due giorni di combattimento con se stesso, ad andar di notte a picchiare alla porta della cascina di quel podere. Tempestò per ore e ore, tra un furibondo abbajare di tutti i cani dei dintorni nelle tenebre notturne; finché lei non scese ad aprirgli.

Nella notte stessa, dopo un'ora appena, livido, sgraffiato in faccia, al collo, alle mani, se ne fuggí e, giunto all'alba al paese, corse a chiudersi in casa. Poche ore dopo, vennero ad arrestarlo, perché avevano trovata morta zia Michelina nel podere.

Gli sgraffi al collo e alla faccia, gli sgraffi e i morsi alle mani lo accusavano. Ma egli giurò e spergiurò di non averla uccisa lui, ma che s'era uccisa da sé, per aver egli voluto ciò che ogni marito è in diritto di pretendere dalla propria moglie; disse che, avendo ottenuto ciò che desiderava e per cui aveva tanto combattuto, non aveva nessuna ragione di commettere quel delitto; portò tanti testimoni che erano a conoscenza del suo sentimento, delle sue oneste intenzioni e delle opposizioni e minacce di lei; e fu assolto.

Ancora le vicine parlano di zia Michelina come d'una pazza; perché, Signore Iddio, se pur le faceva senso mettersi con un ragazzo che lei amava come un figliuolo, dato che questo ragazzo era poi divenuto suo marito, fargli da moglie alla fin fine non voleva mica dire andare alla guerra. Che storie!

Il professor terremoto

Quanti, di qui a molti anni, avranno la ventura di rivedere risorte Reggio e Messina dal terribile disastro del 28 dicembre 1908, non potranno mai figurarsi l'impressione che si aveva, allorché, passando in treno, pochi mesi dopo la catastrofe, cominciava a scoprirsi, tra il verde lussureggiante dei boschi d'aranci e di limoni e il dolce azzurro del mare, la vista atroce dei primi borghi in rovina, gli squarci e lo sconquasso delle case.

Io vi passai pochi mesi dopo, e da' miei compagni di viaggio udii i lamenti su l'opera lenta dello sgombero delle macerie, e tanti racconti di orribili casi e di salvataggi quasi prodigiosi e di mirabili eroismi.

C'era, in quello scompartimento di prima classe, un signore barbuto, il quale in particolar modo al racconto degli atti eroici mostrava di prestare ascolto. Se non che, di tratto in tratto, nei punti più salienti del racconto, scattava, scrollando tutta la magra persona irrequieta, in un'esclamazione, che a molti dava ai nervi, perché non pareva encomio degno all'eroismo narrato.

Se l'eroe era un uomo, egli esclamava, con quello scatto strano:

— Disgraziato!

Se donna:

— Disgraziata!

— Ma scusi, perché? — non poté più fare a meno di domandare a un certo punto un giovinotto, che gonfiava in silenzio da un pezzo.

Allora quel signore, come se anche lui da un pezzo attendesse quella domanda, protese impetuosamente la faccia verde di bile e sghignò:

— Ah, perché? Perché lo so io, caro signore! Lei s'indigna, è vero? s'indigna perché, se fosse stato presente al disastro, e una trave, un mobile, un muro non la avessero schiacciata come un topo; anche lei, è vero? vuole dir questo? anche lei sarebbe stato un eroe, avrebbe salvato... che dico? una donzella, eh? cinque fantolini, tre vegliardi, eh? parlo bene? stile eroico! dica la verità... Ma, caro signore, caro signore, e si figura che lei, dopo i suoi eroismi sublimi e gloriosi, sarebbe così lindo e pinto com'è adesso? No, sa! no, sa! non stia a crederlo, caro signore! Lei sarebbe come me, tale e quale. Mi vede? Come le sembro io? Viaggio in prima classe, perché a Roma mi hanno regalato il biglietto, non creda... Sono un povero disgraziato, sa? e lei sarebbe come me! Non mi faccia ridere... Un disgraziato! un disgraziato!

S'afferrò, cosìdicendo, con una mano e con l'altra le braccia e s'accasciò torvo e fremente nell'angolo della vettura, col mento affondato sul petto. L'ansito gli fischiava nel naso, tra l'ispida barbaccia nera, incolta, brizzolata.

Il giovinotto restò balordo, e si volse a guardare intorno, con un sorriso vano, il silenzio di tutti noi rimasti intenti a spiare il volto di quel singolare compagno.

Poco dopo, questi si sgruppò, come se la bile che gli fermentava in corpo gli si fosse rigonfiata in un nuovo bollore; sghignò come prima guardandoci tutti negli occhi; poi si volse al giovinotto; stava per riprendere a parlare, quando d'improvviso si alzò, e:

— Vuole il mio posto? — gli domandò. — Ecco, se lo prenda pure! Segga qua!

— Ma no... perché? — fece, più che mai intontito, quel giovinotto.

— Perché tante volte, sa com'è? uno parla e l'altro lo contraddice, non perché non sia convinto della ragione, ma perché quello sta seduto in un posto d'angolo. Lei mi guarda da un pezzo; me ne sono accorto; mi guarda e m'invidia perché sto qua, più comodo, col finestrino accanto e sostenuto da questo sudicio bracciuolo. Eh via! dica la verità... Tutti, specialmente in un lungo viaggio, invidiano i quattro fortunati, che stanno agli angoli. Via, segga qua e non mi contraddica più.

Il giovinotto rise con tutti noi di questo razzo inatteso; e, poiché quegli seguitava a insistere in piedi, lo ringraziò, dicendogli che rimanesse pur comodo al suo posto perché non lo contraddiceva per questo, ma perché non gli pareva proprio che si dovesse chiamar disgraziato chi aveva compiuto un'eroica azione.

— No, eh? — riprese quegli allora. — E senta questa! Prego, stieno a sentire anche lor signori. Narro il caso d'una povera donna, conosciuta da me, moglie d'un conduttore, qua, della ferrovia. Il marito viaggiava. Lei sola, inferma da tant'anni, mezza tisica, ebbe l'animo e la forza di salvare i suoi quattro figliuoli in una maniera... si figurino: scendendo e risalendo per quattro volte, dico quattro volte, con un bambino per volta aggrappato alle spalle, lungo un doccione di cisterna, dal terzo piano a terra. Una gatta non sarebbe stata capace di tanto! Sublime, è vero? Ora dico sublime anch'io, e voi tutti gongolate. Ma che sublime, signori miei! *Disgraziata! disgraziata!* Sapete come le andò a finire? Cosí, diciamo, precinta d'eroismo, cosìraggiante di sublimità, naturalmente apparve un'altra al marito commosso e ammirato fino al delirio, al marito che da parecchi anni, per un divieto dei medici, non la teneva più in conto di moglie e la trattava perciò a modo d'una cagna, a cinghiate e vituperii: gli apparve bella, capite? irresistibilmente desiderabile. Signori, quella poveretta morí dopo tre mesi, d'un aborto, naturale conseguenza del suo sublime eroismo!

A questa conclusione inaspettata e grottesca s'opposero, insorgendo, tutti i miei compagni di viaggio.

Ma che! ma via! ma perché doveva dirsi dipesa dall'eroismo la disgrazia di quella poveretta, e non piuttosto dal male di cui soffriva prima? Tanto vero che, se non avesse avuto quel male, apparendo allo stesso modo bella e desiderabile al marito per il recente eroismo, ella non sarebbe morta e avrebbe messo al mondo, pacificamente, un figliuolo.

Senza punto avvilirsi di quella vivace, concorde opposizione, il signore barbuto tornò a sghignare parecchie volte e, lasciando stare che anche questa della nascita d'un quinto figliuolo in quelle deliziose condizioni, a suo giudizio, sarebbe stata per se stessa una grande disgrazia, domandò se, a ogni modo, questo figliuolo, a giudizio nostro, non era stato frutto e conseguenza dell'eroismo.

Eh via, sí, questo almeno era innegabile.

Oh dunque! Innegabile? E se frutto e conseguenza dell'eroismo era stato il figliuolo, frutto e conseguenza dell'eroismo era anche la morte di lei.

Sissignori. Perché bisognava prender la donna com'era, col suo male; non già fabbricarsene una sana apposta, capace di mettere al mondo pacificamente un figliuolo, per il solo gusto di contraddire.

Il male, ella, lo aveva in sé. Ma, né fin allora ne era morta, né forse mai ne sarebbe morta, se quel suo eroismo non avesse tutt'a un tratto, dopo tanti anni d'abbandono e di maltrattamenti, ispirato al marito un tal desiderio di lei, da non fargli più tener conto del divieto dei medici.

Questo divieto, solo questo divieto era conseguenza del male; il divieto, e dunque l'abbandono, e dunque i maltrattamenti del marito. Invece, il desiderio improvviso e naturalissimo, il non tener conto di quel divieto e la morte erano conseguenza dell'eroismo. Tanto vero che, se ella non lo avesse compiuto, il marito, non solo non l'avrebbe ammirata né desiderata, ma la avrebbe trattata anche peggio di prima, e lei non sarebbe morta.

— Bella cosa! — esclamò a questo punto, acceso di fervido sdegno, il giovinotto. — E avrebbe fatto morire i quattro figliuoli senza nemmeno tentare di salvarli in qualche modo. Sarebbe stata una madre indegna e snaturata.

— D'accordo! — rimbeccò pronto quel signore. — Invece è stata un'eroina; e lei la ammira, e io la ammiro, e tutti la ammiriamo. Ma essa è morta. Mi consentirà, spero, che la chiami almeno per questo, disgraziata.

Sono cosìtormentosamente dialettici questi nostri bravi confratelli meridionali. Affondano nel loro spasimo, a scavarlo fino in fondo, la saettella di trapano del loro raziocinio, e *fru* e *fru* e *fru*, non la smettono più. Non per una fredda esercitazione mentale, ma anzi al contrario, per acquistare, più profonda e intera, la coscienza del loro dolore.

— Eppure creda che per me, caro signore, — riprese poco dopo con un sospiro — non è stata tanto disgraziata questa donna che è morta, quanto sono disgraziati tutti coloro che, dopo uno di questi eroismi, sono rimasti vivi.

«Perché lei deve riconoscere che un eroismo è l'affare di un momento. Un momento sublime, d'accordo! un'esaltazione improvvisa di tutte le energie più nobili dello spirito, un subito insorgere e infiammarsi della volontà e del sentimento, per cui si crea o si compie un atto degno di ammirazione, e diciamo pur di gloria, anche se sfortunato.

«Ma sono momenti, signori miei!

«(Scusatemi, se ora vi pare ch'io faccia una lezione: sono, di fatti, professore. Purtroppo!)

«La vita non è fatta di questi momenti. La vita ordinaria, di tutti i giorni, voi sapete bene com'è: irta sempre di piccoli ostacoli, innumerevoli e spesso insormontabili, e assillata da continui bisogni materiali, e premuta da cure spesso meschine, e regolata da mediocri doveri.

«E perché si sublima l'anima in quei rari momenti? Ma appunto perché si libera da tutte quelle miserie, balza sú da tutti quei piccoli ostacoli, non avverte più tutti quei bisogni, si scrolla da addosso tutte quelle cure meschine e quei mediocri doveri; e, cosìsciolta e libera, respira, palpita, si muove in un'aria fervida e infiammata, ove le cose più difficili diventano facilissime; le prove più dure, lievissime; e tutto è fluido e agevole, come in un'ebbrezza divina.

«Respirando, palpitando, muovendosi nell'aerea sublimità di quei momenti, sa lei però, signor mio, che bei tiri le gioca, che razza di scherzetti le combina, che graziose sorprese le prepara la sua anima libera e sciolta da ogni freno, destituita d'ogni riflessione, tutta accesa e abbagliata nella fiamma dell'eroismo?

«Lei non sa; lei non se n'accorge; non se ne può accorgere. Se ne accorgerà quando l'anima le ricascherà, come un pallone sgonfiato, nel pantano della vita ordinaria.

«Oh, allora….

«Guardi: torno da Roma, ove al Ministero da cui dipendo mi hanno inflitto una solenne riprensione: ove i miei maestri della *Sapienza* mi hanno accolto col più freddo sdegno, perché son venuto meno, dicono, a tutto ciò che s'aspettavano da me; e qua, guardi qua, ho un giornale ove si dice, a proposito d'un mio libercolo, che sono un vilissimo cinico grossolano, che mi pascolo nelle più basse malignità della vita e del genere umano: io, sissignori. Vorrebbero da me, ne' miei scritti, luce, luce d'idealità, fervor di fede, e che so io…

«Sissignori.

«Qua abbiamo questo bellissimo terremoto.

«Ce ne fu un altro, quindici anni fa, quand'io venni professore di filosofia al liceo, a Reggio di Calabria.

«Il terremoto d'allora non fu veramente come quest'ultimo. Ma le case, ricordo io, traballarono bene. I tetti si aprivano e si richiudevano, come fanno le palpebre. Tanto che, dal letto, in camera mia, attraverso una di queste aperture momentanee, io, con questi occhi, potei vedere in cielo la luna, una magnifica luna, che guardava placidissima nella notte la danza di tutte le case della città.

«Giovanotto, e allora sí acceso di tanta luce d'idealità e pieno di fede e di sogni, balzai subito dal terrore, che dapprima m'invase, eroe, eroe anch'io, credano pure, sublime, agli strilli disperati di tre creaturine, che dormivano nella cameretta accanto alla mia e di due vecchi nonni e della loro figliuola vedova, che mi ospitavano.

«Con un solo pajo di braccia, capiranno, non è possibile salvare sei, tutti in una volta, massime quando sia crollata la scala e tocchi a scendere da un balcone, prima su un terrazzino e poi dal terrazzino alla strada.

«A uno a uno, Dio ajutando!

«E ne salvai cinque, mentre le scosse seguitavano a breve distanza l'una dall'altra, scrollando e minacciando di scardinare la ringhiera del balcone a cui ci fidavamo. Avrei salvato del resto anche la sesta, se la troppa furia e il terrore non la avessero spinta sconsigliatamente a tentare da sé il salvataggio.

«Ma dicano loro: chi dovevo salvar prima? I tre bambini, no? Poi, la mamma.

«Era svenuta! E fu l'impresa più difficile. No, dico male: più difficile fu il salvataggio del vecchio padre paralitico, anche perché già le forze mie erano stremate e solo l'animo me le sosteneva. Ma si doveva avere, sí o no, una maggiore considerazione per quel povero vecchio accidentato e impotente a darsi ajuto da sé?

«Ebbene, non l'intendeva cosìla vecchia moglie, voleva essere salvata lei, non solo prima del marito paralitico, ma anche prima di tutti, e urlava, ballava dalla rabbia e dal terrore sul balconcino sconquassato, strappandosi i capelli, scagliando vituperii a me, alla figlia, al marito, ai nipotini.

«Mentr'io col vecchio scendevo dal terrazzo della strada, ella senz'aspettarmi, s'affidò al lenzuolo che pendeva dal balcone, e si calò giú. Vedendole scavalcare il parapetto del terrazzo, io dalla strada le gridai che or ora venivo sú per lei, m'aspettasse; e, detto fatto, mi slanciai per risalire. Ma sí! Cocciuta, incornata, per non dovermi nulla, prese nello stesso tempo a discendere. A un certo punto, il lenzuolo, non potendo più reggerci entrambi, si snodò dalla ringhiera e patapúmfete, giú, io e lei.

«Io non mi feci nulla; lei si fratturò il femore.

«Parve questa, a tutti, e anche a me allora, povero imbecille, l'unica disgrazia che ci fosse toccata (in quel salvataggio, s'intende!). Ma anche a questa non si diede molto peso, perché in fin dei conti era un frattura, dovuta per giunta alla troppa furia, quando potevamo invece essere morti tutti quanti col terremoto.

«E la vita eroica seguitò, seguitò per circa tre mesi. Come professore di liceo, io m'ebbi una della prime baracche, e naturalmente vi portai dentro i bambini, la signora, i due vecchi; e, come lor signori si possono immaginare, diventai – tranne che per quella vecchia – il loro nume.

«Ah, quella vita di bivacco, tre mesi, sotto la baracca, con la gioventú che ferve in corpo, e la riconoscenza che brilla e aizza, senza saperlo, senza volerlo, dagli occhi d'una madre ancora giovane e bella!

«Tutto facile, tra quella difficoltà; tutto agevole, tra quella indescrivibile confusione; e l'alacrità più ilare, col disdegno dei più urgenti bisogni; e la soddisfazione, non si sa bene di che, una soddisfazione che inebria e incita a sempre nuovi sacrifizi, che non paion più tali, per il premio che danno.

«E tra le rovine, quindici anni fa, non come queste, è vero, luttuose e orrende, negli attendamenti, si folleggiava la notte, sotto le stelle davanti a questo mare divino; e canti e suoni e balli.

«Fu cosí, ch'io alla fine mi ritrovai secondo padre di tre bambini non miei, e poi, d'anno in anno, padre legittimo di cinque miei, che fanno – se non sbaglio – otto, e nove con la moglie, e undici coi suoceri, e dodici con me, e quindici – tutto sommato – con mio padre e mia madre e una mia sorella nubile, al cui mantenimento provvedo io.

«Ecco l'eroe, cari signori!

«Quel terremoto è passato; anche quest'altro è passato: terremoto perpetuo è rimasta la vita mia.

«Ma sono stato un eroe, non c'è che dire!

«E ora m'accusano che non faccio più il mio dovere; che sono un pessimo professore; e ho il disprezzo freddo di chi sperò in me; e i giornali mi danno del cinico; e non m'arrischio a parlare – per non dar spettacolo soverchio a lor signori – di tutto ciò che mi ribolle qua dentro e mi sconvolge la ragione, se penso ai sogni miei d'una volta, ai propositi miei!

«Signori, se in qualche momento di tregua io tento di raccogliermi e cedo alla vana speranza di potermi rimettere a conversare con l'anima mia d'un tempo, ecco quella vecchia sciancata, quella mia suocera immortale a cui è rimasta in corpo una rabbia inestinguibile contro di me, presentarsi alla soglia del mio studiolo, arrovesciar le mani sui fianchi con le gomita appuntate davanti e, chinandosi quasi fino a terra, ruggirmi tra le gengive bavose, non so se per imprecazione, o per ingiuria, o per condanna:

«"Terremoto! Terremoto! Terremoto!"

«I miei scolari l'hanno risaputo. E sapete come mi chiamano? Il professor Terremoto.»

La veste lunga

Era il primo viaggio lungo di Didí. Da Palermo a Zúnica. Circa otto ore di ferrovia.

Zúnica per Didí era un paese di sogno, lontano lontano, ma più nel tempo che nello spazio. Da Zúnica infatti il padre recava un tempo, a lei bambina, certi freschi deliziosi frutti fragranti, che poi non aveva saputo più riconoscere, né per il colore, né per il sapore, né per la fragranza, in tanti altri che il padre le aveva pur recati di là: celse more in rustici ziretti di terracotta tappati con pampini di vite; perine ceree da una parte e sanguigne dall'altra, con la corona; e susine iridate e pistacchi e lumíe.

Tuttora, dire Zúnica e immaginare un profondo bosco d'olivi saraceni e poi distese di verdissimi vigneti e giardini vermigli con siepi di salvie ronzanti d'api e vivai muscosi e boschetti d'agrumi imbalsamati di zagare e di gelsomini, era per Didí tutt'uno, quantunque già da un pezzo sapesse che Zúnica era una povera arida cittaduzza dell'interno della Sicilia, cinta da ogni parte dai lividi tufi arsicci delle zolfare e da scabre rocce gessose fulgenti alle rabbie del sole, e che quei frutti, non più gli stessi della sua infanzia, venivano da un feudo, detto di Ciumía, parecchi chilometri lontano dal paese.

Aveva queste notizie dal padre: lei non era mai stata più là di Bagheria, presso Palermo, per la villeggiatura: Bagheria, sparsa tra il verde, bianca, sotto il turchino ardente del cielo. L'anno scorso, era stata anche più vicino, tra i boschi d'aranci di Santa Flavia, e ancora con le vesti corte.

Ora, per il viaggio lungo fino a Zúnica indossava anche, per la prima volta, una veste lunga.

E le pareva d'esser già un'altra. Una damina proprio per la quale. Aveva lo strascico finanche negli sguardi; alzava, a tratti, le sopracciglia come a tirarlo sú, questo strascico dello sguardo; e teneva alto il nasino ardito, alto il mento con la fossetta, e chiusa la bocca. Bocca da signora con la veste lunga; bocca che nasconde i denti, come la veste lunga i piedini.

Se non che, seduto dirimpetto a lei, c'era Cocò, il fratello maggiore, quel birbante di Cocò il quale, col capo abbandonato su la spalliera rossa dello scompartimento di prima classe, tenendo gli occhi bassi e la sigaretta attaccata al labbro superiore, di tanto in tanto le sospirava, stanco:

— Didí, mi fai ridere.

Dio, che rabbia! Dio, che prurito nelle dita!

Ecco: se Cocò non si fosse rasi i baffi come voleva la moda, Didí glieli avrebbe strappati, saltandogli addosso come una gattina.

Invece, sorridendo con le ciglia alzate, gli rispondeva, senza scomporsi:

— Caro mio, sei un cretino.

Ridere della sua veste lunga e anche, se vogliamo, delle arie che si dava, dopo il serio discorso che le aveva tenuto la sera avanti a proposito di questo viaggio misterioso a Zúnica…

Era o non era, questo viaggio, una specie di spedizione, un'impresa, qualcosa come la scalata a un castello ben munito in cima a una montagna? Erano o non erano macchine da guerra per quella scalata le sue vesti lunghe? E dunque, che c'era da ridere se lei, sentendosi armata con esse per una conquista, provava di tratto in tratto le armi col darsi quelle arie?

Cocò, la sera avanti, le aveva detto che finalmente era venuto il tempo di pensare sul serio ai casi loro.

Didí aveva sgranato tanto d'occhi.

Casi loro? Che casi? Ci potevano esser casi anche per lei, a cui pensare, e per giunta sul serio?

Dopo la prima sorpresa, una gran risata.

Conosceva una persona sola, fatta apposta per pensare ai casi suoi e anche a quelli di tutti loro: donna Sabetta, la sua governante, intesa donna Bebé, o donna Be', come lei per far più presto la chiamava. Donna Be' pensava sempre ai casi suoi. Investita, spinta, trascinata da certi suoi furibondi impeti improvvisi, la poveretta fingeva di mettersi a frignare e, grattandosi con ambo le mani la fronte, gemeva:

— Oh benedetto il nome del Signore, mi lasci pensare ai casi miei, signorina!

La prendeva per donna Be', adesso, Cocò? No, non la prendeva per donna Be'. Cocò, la sera avanti, le aveva assicurato che proprio questi benedetti *casi loro* c'erano, e serii, molto serii, come quella sua veste lunga da viaggio.

Fin da bambina, vedendo andare il padre ogni settimana e talvolta anche due volte la settimana a Zúnica, e sentendo parlare del feudo di Ciumía e delle zolfare di Monte Diesi e d'altre zolfare e poderi e case, Didí aveva sempre creduto che tutti questi beni fossero del padre, la baronia dei Brilla.

Erano, invece, dei marchesi Nigrenti di Zúnica. Il padre, barone Brilla, ne era soltanto l'amministratore giudiziario. E quell'amministrazione da cui per vent'anni al padre era venuta la larga agiatezza, della quale loro due, Cocò e Didí, avevano sempre goduto, sarebbe finita tra pochi mesi.

Didí era veramente nata e cresciuta in mezzo a quell'agiatezza; aveva poco più di sedici anni; ma Cocò ne aveva ventisei; e Cocò serbava una chiara, per quanto lontana memoria dei gravi stenti tra cui il padre s'era dibattuto prima d'esser fatto, per maneggi e brighe d'ogni sorta, amministratore giudiziario dell'immenso patrimonio di quei marchesi di Zúnica.

Ora, c'era tutto il pericolo di ricadere in quegli stenti che, se anche minori, sarebbero sembrati più duri dopo l'agiatezza. Per impedirlo, bisognava che riuscisse, ora, ma proprio bene e in tutto, il piano di battaglia architettato dal padre, e di cui quel viaggio era la prima mossa.

La prima, no, veramente. Cocò era già stato a Zúnica col padre, circa tre mesi addietro, in ricognizione; vi si era trattenuto quindici giorni, e aveva conosciuto la famiglia Nigrenti.

La quale era composta, salvo errore, di tre fratelli e di una sorella. Salvo errore, perché nell'antico palazzo in cima al paese c'erano anche due vecchie ottuagenarie, due *zônne* (zie-donne), che Cocò non sapeva bene se fossero dei Nigrenti anche loro, cioè se sorelle del nonno del marchese o se sorelle della nonna.

Il marchese si chiamava Andrea; aveva circa quarantacinque anni e, cessata l'amministrazione giudiziaria, sarebbe stato per le disposizioni testamentarie il maggior erede. Degli altri due fratelli, uno era prete – *don Arzigogolo*, come lo chiamava il padre – l'altro, il cosìdetto *Cavaliere*, un villanzone. Bisognava guardarsi dall'uno e dall'altro, e più dal prete che dal villanzone. La sorella aveva ventisette anni, un anno più di Cocò, e si chiamava Agata, o Titina: gracile come un'ostia e pallida come la cera; con gli occhi costantemente pieni d'angoscia e con le lunghe mani esili e fredde che le tremavano di timidezza, incerte e schive. Doveva essere la purezza e la bontà in persona, poverina: non aveva mai dato un passo fuori del palazzo: assisteva le due vecchie ottuagenarie, le due *zônne*; ricamava e sonava «divinamente» il pianoforte.

Ebbene: il piano del padre era questo: prima di lasciare quell'amministrazione giudiziaria, concludere due matrimoni: dare cioè a Didí il marchese Andrea, e Agata a lui, Cocò.

Didí al primo annunzio era diventata in volto di bragia e gli occhi le avevano sfavillato di sdegno. Lo sdegno era scoppiato in lei più che per la cosa in se stessa, per l'aria cinicamente rassegnata con cui Cocò la accettava per sé e la profferiva a lei come una salvezza. Sposare per denari un vecchio, uno che aveva ventotto anni più di lei?

— Ventotto, no, — le aveva detto Cocò, ridendo di quella vampata di sdegno. — Che ventotto, Didí! Ventisette, siamo giusti, ventisette e qualche mese.

— Cocò, mi fai schifo! Ecco: schifo! — gli aveva allora gridato Didí, tutta fremente, mostrandogli le pugna.

E Cocò:

— Sposo la Virtú, Didí, e ti faccio schifo? Ha un annetto anche lei più di me; ma la Virtú, Didí mia, ti faccio notare, non può esser molto giovane. E io n'ho tanto bisogno! sono un discolaccio, un viziosaccio, tu lo sai: un farabutto, come dice papà: metterò senno: avrò ai piedi un bellissimo pajo di pantofole ricamate, con le iniziali in oro e la corona baronale, e un berretto in capo, di velluto, anch'esso ricamato, e col fiocco di seta, bello lungo. Il baronello Cocò La Virtú… Come sarò bello, Didí mia!

E s'era messo a passeggiare melenso melenso, col collo torto, gli occhi bassi, il bocchino appuntito, le mani una su l'altra, pendenti dal mento, a barba di capro.

Didí, senza volerlo, aveva sbruffato una risata.

E allora Cocò s'era messo a rabbonirla, carezzandola e parlandole di tutto il bene che egli avrebbe potuto fare a quella poveretta, gracile come un'ostia, pallida come la cera, la quale già, nei quindici giorni ch'egli s'era trattenuto a Zúnica, aveva mostrato, pur con la timidezza che le era propria, di vedere in lui il suo salvatore. Ma sí! certamente! Era interesse dei fratelli e specie di quel cosìdetto *Cavaliere* (il quale aveva con sé, fuori del palazzo, una donnaccia da cui aveva avuto dieci, quindici, venti, insomma, non si sa quanti figliuoli) ch'ella restasse nubile, tappata lí a muffir nell'ombra. Ebbene, egli sarebbe stato il sole per lei, la vita. La avrebbe tratta fuori di lí, condotta a Palermo, in una bella casa nuova: feste, teatri, viaggi, corse in automobile... Bruttina era, sí; ma pazienza: per moglie, poteva passare. Era tanto buona poi, e avvezza a non aver mai nulla, si sarebbe contentata anche di poco.

E aveva seguitato a parlare a lungo, apposta, di sé solamente, su questo tono, cioè del bene che pur si riprometteva di fare, perché Didí, stuzzicata cosìda una parte e, dall'altra, indispettita di vedersi messa da canto, alla fine domandasse:

— E io?

Venuta fuori la domanda, Cocò le aveva risposto con un profondo sospiro:

— Eh, per te, Didí mia, per te la faccenda è molto, ma molto più difficile! Non sei sola.

Didí aveva aggrottato le ciglia.

— Che vuol dire?

— Vuol dire... vuol dire che ci sono altre attorno al marchese, ecco. E una specialmente... una!

Con un gesto molto espressivo Cocò le aveva lasciato immaginare una straordinaria bellezza.

— Vedova, sai? Su i trent'anni. Cugina, per giunta...

E, con gli occhi socchiusi, s'era baciate le punte delle dita.

Didí aveva avuto uno scatto di sprezzo.

— E se lo pigli!

Ma subito Cocò:

— Una parola, se lo pigli! Ti pare che il marchese Andrea... (Bel nome, Andrea! Senti come suona bene: il *marchese Andrea...* In confidenza però potresti chiamarlo Nenè, come lo chiama Agata, cioè Titina, sua sorella.) È davvero un uomo, Nenè, sai? Ti basti sapere che ha avuto la... La come si chiama... La fermezza di star vent'anni chiuso in casa. Vent'anni, capisci? non si scherza... dacché tutto il suo patrimonio cadde sotto amministrazione giudiziaria. Figúrati i capelli, Didí mia, come gli sono cresciuti in questi venti anni! Ma se li taglierà. Puoi esserne sicura, se li taglierà. Ogni mattina, all'alba, esce solitario... ti piace? solitario e avvolto in un mantello, per una lunga passeggiata fino alla montagna. A cavallo, sai? La cavalla è piuttosto vecchiotta, bianca; ma lui cavalca divinamente. Sí, divinamente, come la sorella Titina suona divinamente il pianoforte. E pensa, oh, pensa che da giovine, fino a venticinque anni, cioè finché non lo richiamarono a Zúnica per il rovescio finanziario, lui «fece vita», e che vita, cara mia! fuori, in Continente, a Roma, a Firenze; corse il mondo; fu a Parigi, a Londra… Ora pare che da giovanotto abbia amato questa cugina di cui t'ho parlato, che si chiama Fana Lopes. Credo si fosse anche fidanzato con lei. Ma, venuto il dissesto, lei non volle più saperne e sposò un altro. Adesso che egli ritorna nel primiero stato… capisci? Ma è più facile che il marchese, guarda, per farle dispetto, sposi un'altra cugina, zitellona questa, una certa Tuzza La Dia, che credo abbia sospirato sempre in segreto per lui, pregando Iddio. Dati gli umori del marchese e i suoi capelli lunghi, dopo questi venti anni di clausura, è temibile anche questa zitellona, cara Didí. Basta — aveva concluso la sera avanti Cocò, — ora chinati, Didí, e tieniti con la punta delle dita l'orlo della veste su le gambe.

Stordita da quel lungo discorso, Didí s'era chinata, domandando:

— Perché?

E Cocò:

— Te le saluto. Quelle ormai non si vedranno più!

Gliele aveva guardate e le aveva salutate con ambo le mani; poi, sospirando, aveva soggiunto:

— Rorò! Ricordi Rorò Campi, la tua amichetta? Ricordi che salutai le gambe anche a lei, l'ultima volta che portò le vesti corte? Credevo di non dovergliele più rivedere. Eppure gliele rividi!

Didí s'era fatta pallida pallida e seria.

— Che dici?

— Ah, sai, morta! — s'era affrettato a risponderle Cocò. — Morta, te lo giuro, gliele rividi, povera Rorò! Lasciarono la cassa mortuaria aperta, quando la portarono in chiesa, a San Domenico. La mattina io ero là, in chiesa. Vidi la bara, tra i ceri, e mi accostai. C'erano attorno alcune donne del popolo, che ammiravano il ricco abito da sposa di cui il marito aveva voluto che fosse parata, da morta. A un certo punto, una di quelle donnette sollevò un lembo della veste per osservare il merletto della sottana, e io cosìrividi le gambe della povera Rorò.

Tutta quella notte Didí s'era agitata sul letto senza poter dormire.

Già, prima d'andare a letto, aveva voluto provarsi ancora una volta la veste lunga da viaggio, davanti allo specchio dell'armadio. Dopo il gesto espressivo, con cui Cocò aveva descritto la bellezza di colei... come si chiamava? Fana... Fana Lopes... – si era veduta, lí nello specchio, troppo piccola, magrolina, miserina... Poi s'era tirata su la veste davanti per rivedersi quel tanto, pochino pochino, delle gambe che aveva finora mostrato, e subito aveva pensato alle gambe di Rorò Campi, morta.

A letto, aveva voluto riguardarsele sotto le coperte: impalate, stecchite; immaginandosi morta anche lei, dentro una bara, con l'abito da sposa, dopo il matrimonio col marchese Andrea dai capelli lunghi...

Che razza di discorsi, quel Cocò!

Ora, in treno, Didí guardava il fratello sdrajato sul sedile dirimpetto e si sentiva prendere a mano a mano da una gran pena per lui.

In pochi anni aveva veduto sciuparsi la freschezza del bel volto fraterno, alterarsi l'aria di esso, l'espressione degli occhi e della bocca. Le pareva ch'egli fosse come arso, dentro. E quest'arsura interna, di trista febbre, gliela scorgeva negli sguardi, nelle labbra, nell'aridità e nella rossedine della pelle, segnatamente sotto gli occhi. Sapeva ch'egli rincasava tardissimo ogni notte; che giocava; sospettava altri vizi in lui, più brutti, dalla violenza dei rimproveri che il padre gli faceva spesso, di nascosto a lei, chiusi l'uno e l'altro nello scrittojo. E che strana impressione, di dolore misto a ribrezzo, provava da alcun tempo nel vederlo da quella trista vita impenetrabile accostarsi a lei; al pensiero che egli, pur sempre per lei buon fratellino affettuoso, fosse poi, fuori di casa, peggio che un discolo, un vizioso, se non proprio un farabutto, come tante volte nell'ira gli aveva gridato in faccia il padre. Perché, perché non aveva egli per gli altri lo stesso cuore che per lei? Se era cosìbuono per lei, senza mentire, come poteva poi, nello stesso tempo, essere cosìtristo per gli altri?

Ma forse la tristezza era fuori: fuori, là, nel mondo, ove a una certa età, lasciati i sereni, ingenui affetti della famiglia, si entrava coi calzoni lunghi gli uomini, con le vesti lunghe le donne. E doveva essere una laida tristezza, se nessuno osava parlarne, se non sottovoce e con furbeschi ammiccamenti, che indispettivano chi – come lei – non riusciva a capirci nulla; doveva essere una tristezza divoratrice, se in sí poco tempo suo fratello, già cosìfresco e candido, s'era ridotto a quel modo; se Rorò Campi, la sua amicuccia, dopo un anno appena, ne era morta...

Didí si sentí pesare sui piedini, fino al giorno avanti liberi e scoperti, la veste lunga, e ne provò un fastidio smanioso: si sentí oppressa da una angoscia soffocante, e volse lo sguardo dal fratello al padre, che sedeva all'altro angolo della vettura, intento a leggere alcune carte d'amministrazione, tratte da una borsetta di cuojo aperta su le ginocchia.

Entro quella borsetta, foderata di stoffa rossa, spiccava lucido il turacciolo smerigliato di una fiala. Didí vi fissò gli occhi e pensò che il padre era, da anni, sotto la minaccia continua d'una morte improvvisa, potendo da un istante all'altro essere colto da un accesso del suo male cardiaco, per cui portava sempre con sé quella fiala.

Se d'un tratto egli fosse venuto a mancarle... Oh Dio, no, perché pensare a questo? Egli, pur con quella fiala lí davanti, non ci pensava. Leggeva le sue carte d'amministrazione e, di tratto in tratto, si aggiustava le lenti insellate su la punta del naso; poi, ecco, si passava la mano grassoccia, bianca e pelosa, sul capo calvo, lucidissimo; oppure staccava gli occhi dalla lettura e li fissava nel vuoto, restringendo un po' le grosse palpebre rimborsate. Gli occhi ceruli, ovati, gli s'accendevano allora di un'acuta vivezza maliziosa, in contrasto con la floscia stanchezza della faccia carnuta e porosa, da cui schizzavano, sotto il naso, gl'ispidi e corti baffetti rossastri, già un po' grigi, a cespugli.

Da un pezzo, cioè dalla morte della madre, avvenuta tre anni addietro, Didí aveva l'impressione che il padre si fosse come allontanato da lei, anzi staccato cosí, che lei, ecco, poteva osservarlo come un estraneo. E non il padre soltanto: anche Cocò. Le pareva che fosse rimasta lei sola a vivere ancora della vita della casa, o piuttosto a sentire il vuoto di essa, dopo la scomparsa di colei che la riempiva tutta e teneva tutti uniti.

Il padre, il fratello s'erano messi a vivere per conto loro, fuori di casa, certo; e quegli atti della vita, che seguitavano a compiere lí insieme con lei, erano quasi per apparenza, senza più quella cara, antica intimità, da cui spira quell'alito familiare, che sostiene, consola e rassicura.

Tuttora Didí ne sentiva un desiderio angoscioso, che la faceva piangere insaziabilmente, inginocchiata innanzi a una antica cassapanca, ov'erano conservate le vesti della madre.

L'alito della famiglia era racchiuso là, in quella cassapanca antica, di noce, lunga e stretta come una bara; e di là, dalle vesti della mamma, esalava, a inebriarla amaramente coi ricordi dell'infanzia felice.

Tutta la vita s'era come diradata e fatta vana, con la scomparsa di lei; tutte le cose pareva avessero perduto il loro corpo e fossero diventate ombre. E che sarebbe avvenuto domani? Avrebbe ella sempre sentito quel vuoto, quella smania di un'attesa ignota, di qualche cosa che dovesse venire a colmarglielo, quel vuoto, e a ridarle la fiducia, la sicurezza, il riposo?

Le giornate eran passate per Didí come nuvole davanti alla luna.

Quante sere, senz'accendere il lume nella camera silenziosa, non se n'era stata dietro le alte invetriate della finestra a guardar le nuvole bianche e cineree che avviluppavano la luna! E pareva che corresse la luna, per liberarsi da quei viluppi. E lei era rimasta a lungo, lí nell'ombra, con gli occhi intenti e senza sguardo, a fantasticare; e spesso gli occhi, senza che lei lo volesse, le si erano riempiti di lagrime.

Non voleva esser triste, no; voleva anzi esser lieta, àlacre, vispa. Ma nella solitudine, in quel vuoto, questo desiderio non trovava da sfogarsi altrimenti che in veri impeti di follia, che sbigottivano la povera donna Bebé.

Senza più guida, senza più nulla di consistente attorno, non sapeva che cosa dovesse fare della vita, qual via prendere. Un giorno avrebbe voluto essere in un modo, il giorno appresso in un altro. Aveva anche sognato tutta una notte, di ritorno dal teatro, di farsi ballerina, sí, e suora di carità la mattina dopo, quand'erano venute per la questua le monacelle del *Boccone del povero*. E un po' voleva chiudersi tutta in se stessa e andar vagando per il mondo assorta nella scienza teosofica, come *Frau* Wenzel, la sua maestra di tedesco e di pianoforte; un po' voleva dedicarsi tutta all'arte, alla pittura. Ma no, no: alla pittura veramente, no, più: le faceva orrore, ormai, la pittura, come se avesse preso corpo in quell'imbecille di Carlino Volpi, figlio del pittore Volpi, suo maestro, perché un giorno Carlino Volpi, venuto invece del padre ammalato, a darle lezione... Com'era stato?... Lei, a un certo punto, gli aveva domandato:

— Vermiglione o carminio?

E lui, muso di cane:

— Signorina, carminio... cosí!

E l'aveva baciata in bocca.

Via, da quel giorno e per sempre, tavolozza, pennelli e cavalletto! Il cavalletto glielo aveva rovesciato addosso e, non contenta, gli aveva anche scagliato in faccia il fascio dei pennelli, e lo aveva cacciato via, senza neanche dargli il tempo di lavarsi la grinta impudente, tutta pinticchiata di verde, di giallo, di rosso.

Era alla discrezione del primo venuto, ecco... Non c'era più nessuno, in casa, che la proteggesse. Un mascalzone, cosí, poteva entrarle in casa e permettersi, come niente, di baciarla in bocca. Che schifo le era rimasto, di quel bacio! S'era stropicciate fino a sangue le labbra; e ancora a pensarci, istintivamente, si portava una mano alla bocca.

Ma aveva un bocca, veramente?... Non se la sentiva! Ecco: si stringeva forte forte, con due dita, il labbro, e non se lo sentiva. E cosí, di tutto il corpo. Non se lo sentiva. Forse perché era sempre assente da se stessa, lontana?... Tutto era sospeso, fluido e irrequieto dentro di lei.

E le avevano messo quella veste lunga, ora cosí... su un corpo, che lei non si sentiva. Assai più del suo corpo pesava quella veste! Si figuravano che ci fosse qualcuna, una donna, sotto quella veste lunga, e invece no; invece lei, tutt'al più, non poteva sentirvi altro, dentro, che una bambina; sí, ancora, di nascosto a tutti, la bambina ch'era stata, quando tutto ancora intorno aveva per lei una realtà, la realtà della sua dolce infanzia, la realtà sicura che sua madre dava alle cose col suo alito e col suo amore. Il corpo di quella bimba, sí, viveva e si nutriva e cresceva sotto le carezze e le cure della mamma. Morta la mamma, lei aveva cominciato a non sentire più neanche il suo corpo, quasi che anch'esso si fosse diradato, come tutt'intorno la vita della famiglia, la realtà che lei non riusciva più a toccare in nulla.

Ora, questo viaggio...

Guardando di nuovo il padre e il fratello, Didí provò dentro, a un tratto, una profonda, violenta repulsione.

Si erano addormentati entrambi in penosi atteggiamenti. Ridondava al padre da un lato, premuta dal colletto, la flaccida giogaja sotto il mento. E aveva la fronte imperlata di sudore. E nel trarre il respiro, gli sibilava un po' il naso.

Il treno, in salita, andava lentissimamente, quasi ansimando, per terre desolate, senza un filo d'acqua, senza un ciuffo d'erba, sotto l'azzurro intenso e cupo del cielo. Non passava nulla, mai nulla davanti al finestrino della vettura; solo, di tanto in tanto, lentissimamente, un palo telegrafico, arido anch'esso, coi quattro fili che s'avvallavano appena.

Dove la conducevano quei due, che anche lí la lasciavano cosìsola? A un'impresa vergognosa. E dormivano! Sí, perché, forse, era tutta cosí, e non era altro, la vita. Essi, che già c'erano entrati, lo sapevano; c'erano ormai avvezzi e, andando, lasciandosi portare dal treno, potevano dormire... Le avevano fatto indossare quella veste lunga per trascinarla lí, a quella laida impresa, che non faceva più loro alcuna impressione. Giusto lí la trascinavano, a Zúnica, ch'era il paese di sogno della sua infanzia felice! E perché ne morisse dopo un anno, come la sua amichetta Rorò Campi?

L'ignota attesa, l'irrequietezza del suo spirito, dove, in che si sarebbero fermate? In una cittaduzza morta, in un fosco palazzo antico, accanto a un vecchio marito dai capelli lunghi... E forse le sarebbe toccato di sostituire la cognata nelle cure di quelle due vecchie ottuagenarie, seppure il padre fosse riuscito nella sua insidia.

Fissando gli occhi nel vuoto, Didí vide le stanze di quel fosco palazzo. Non c'era già stata una volta? Sí, in sogno, una volta, per restarvi per sempre... Una volta? Quando? Ma ora, ecco... e già da tanto tempo, vi era, e per starvi per sempre, soffocata nella vacuità d'un tempo fatto di minuti eterni, tentato da un ronzio perpetuo, vicino, lontano, di mosche sonnolente nel sole che dai vetri pinticchiati delle finestre sbadigliava sulle nude pareti gialle di vecchiaia, o si stampava polveroso sul pavimento di logori mattoni di terracotta.

Oh Dio, e non poter fuggire... non poter fuggire... Legata com'era, qua, dal sonno di quei due, dalla lentezza enorme di quel treno, uguale alla lentezza del tempo là, nell'antico palazzo, dove non si poteva far altro che dormire, come dormivano quei due...

Provò a un tratto in quel fantasticare che assumeva nel suo spirito una realtà massiccia, ponderosa, infrangibile, un senso di vuoto cosìarido, una cosìsoffocante e atroce afa della vita, che istintivamente, proprio senza volerlo, cauta, allungò una mano alla borsetta di cuojo, che il padre aveva posato, aperta, sul sedile. Il turacciolo smerigliato della fiala aveva già attratto con la sua iridescenza lo sguardo di lei.

Il padre, il fratello seguitavano a dormire. E Didí stette un pezzo a esaminare la fiala, che luceva col veleno roseo. Poi, quasi senza badare a quello che faceva, la sturò pian piano e lentamente l'accostò alle labbra, tenendo fissi gli occhi ai due che dormivano. E vide, mentre beveva, che il padre alzava una mano, nel sonno, per scacciare una mosca, che gli scorreva su la fronte, lieve.

A un tratto, la mano che reggeva la fiala le cascò in grembo, pesantemente. Come se gli orecchi le si fossero all'improvviso sturati, avvertí enorme, fragoroso, intronante il rumore del treno, cosìforte che temette dovesse soffocare il grido che le usciva dalla gola e gliela lacerava... No... ecco, il padre, il fratello balzavano dal sonno... le erano sopra... Come aggrapparsi più a loro?

Didí stese le braccia; ma non prese, non vide, non udí più nulla.

Tre ore dopo, arrivò, piccola morta con quella sua veste lunga, a Zúnica, al paese di sogno della sua infanzia felice.

I nostri ricordi

Questa, la via? questa, la casa? questo, il giardino?

Oh vanità dei ricordi!

Mi accorgevo bene, visitando dopo lunghi e lunghi anni il paesello ov'ero nato, dove avevo passato l'infanzia e la prima giovinezza, ch'esso, pur non essendo in nulla mutato, non era affatto quale era rimasto in me, ne' miei ricordi.

Per sé, dunque, il mio paesello non aveva quella vita, di cui io per tanto tempo avevo creduto di vivere; quella vita che per tanto altro tempo aveva nella mia immaginazione seguitato a svolgersi in esso, ugualmente, senza di me; e i luoghi e le cose non avevano quegli aspetti che io con tanta dolcezza di affetto avevo ritenuto e custodito nella memoria.

Non era mai stata, quella vita, se non in me. Ed ecco, al cospetto delle cose – non mutate ma diverse perché io ero diverso – quella vita mi appariva irreale, come di sogno: una mia illusione, una mia finzione d'allora.

E vani, perciò, tutti i miei ricordi.

Credo sia questa una delle più tristi impressioni, forse la più triste, che avvenga di provare a chi ritorni dopo molti anni nel paese natale: vedere i proprii ricordi cader nel vuoto, venir meno a uno a uno, svanire: i ricordi che cercano di rifarsi vita e non si ritrovano più nei luoghi, perché il sentimento cangiato non riesce più a dare a quei luoghi la realtà ch'essi avevano prima, non per se stessi, ma per lui.

E provai, avvicinandomi a questo e a quello degli antichi compagni d'infanzia e di giovinezza, una segreta, indefinibile ambascia.

Se, al cospetto d'una realtà cosìdiversa, mi si scopriva illusione la mia vita d'allora, que' miei antichi compagni – vissuti sempre fuori e ignari della mia illusione – com'erano? chi erano?

Ritornavo a loro da un mondo che non era mai esistito, se non nella mia vana memoria; e, facendo qualche timido accenno a quelli che per me eran ricordi lontani, avevo paura di sentirmi rispondere:

«Ma dove mai? ma quando mai?»

Perché, se pure a quei miei antichi compagni, come a tutti, l'infanzia si rappresentava con la soave poesia della lontananza, questa poesia certamente non aveva potuto mai prendere nell'anima loro quella consistenza che aveva preso nella mia, avendo essi di continuo sotto gli occhi il paragone della realtà misera, angusta, monotona, non diversa per loro, come diversa appariva a me adesso.

Domandai notizia di tanti e, con maraviglia ch'era a un tempo angoscia e dispetto, vidi, a qualche nome, certi visi oscurarsi, altri atteggiarsi di stupore o di disgusto o di compassione. E in tutti era quella pena quasi sospesa, che si prova alla vista di uno che, pur con gli occhi aperti e chiari, vada nella luce a tentoni: cieco.

Mi sentivo raggelare dall'impressione che quelli ricevevano nel vedermi chieder notizia di certuni che, o erano spariti, o non meritavano più che *uno come me* se ne interessasse.

Uno come me!

Non vedevano, non potevano vedere ch'io movevo quelle domande da un tempo remoto, e che coloro di cui chiedevo notizia erano ancora i miei compagni d'allora.

Vedevano me, qual ero adesso; e ciascuno di certo mi vedeva a suo modo; e sapevan degli altri – loro sí, sapevano – come s'eran ridotti! Qualcuno era morto, poco dopo il mio allontanamento dal paese, e quasi non si serbava più memoria di lui; ora, immagine sbiadita, attraversava il tempo che per lui non era stato più, ma non riusciva a rifarsi vivo nemmeno per un istante e rimaneva pallida ombra di quel mio sogno lontano; qualche altro era andato a finir male, prestava umili servizi per campar la vita e dava del *lei* rispettosamente a coloro coi quali da fanciullo e da giovanetto trattava da pari a pari; qualche altro era stato anche in prigione, per furto; e uno, Costantino, eccolo lí: guardia di città: pezzo d'impertinente, che si divertiva a sorprendere in contravvenzione tutti gli antichi compagni di scuola.

Ma una più viva maraviglia provai nel ritrovarmi d'improvviso intimo amico di tanti che avrei potuto giurare di non aver mai conosciuto, o di aver conosciuto appena, o di cui anzi mi durava qualche ingrato ricordo o d'istintiva antipatia o di sciocca rivalità infantile.

E il mio più intimo amico, a detta di tutti, era un certo dottor Palumba, mai sentito nominare, il quale, poveretto, sarebbe venuto certamente ad accogliermi alla stazione, se da tre giorni appena non avesse perduto la moglie. Pure sprofondato nel cordoglio della sciagura recentissima, però, il dottor Palumba agli amici, andati a fargli le condoglianze, aveva chiesto con ansia di me, se ero arrivato, se stavo bene, dov'ero alloggiato, per quanto tempo intendevo di trattenermi in paese.

Tutti, con commovente unanimità, mi informarono che non passava giorno che quel dottor Palumba non parlasse di me a lungo, raccontando con particolari inesauribili, non solo i giuochi della mia infanzia, le birichinate di scolaretto, e poi le prime, ingenue avventure giovanili; ma anche tutto ciò che avevo fatto da che m'ero allontanato dal paese, avendo egli sempre chiesto notizie di me a quanti fossero in caso di dargliene. E mi dissero che tanto affetto, una così ardente simpatia dimostrava per me in tutti quei racconti, che io, pur provando per qualcuno di essi che mi fu riferito un certo imbarazzo e anche un certo sdegno e avvilimento, perché, o non riuscivo a riconoscermi in esso o mi vedevo rappresentato in una maniera che più sciocca e ridicola non si sarebbe potuta immaginare, non ebbi il coraggio d'insorgere e di protestare:

«Ma dove mai? Ma quando mai? Chi è questo Palumba? Io non l'ho sentito mai nominare!»

Ero sicuro che, se così avessi detto, si sarebbero tutti allontanati da me con paura, correndo ad annunziare ai quattro venti:

«Sapete? Carlino Bersi è impazzito! Dice di non conoscere Palumba, di non averlo mai conosciuto!»

O forse avrebbero pensato, che per quel po' di gloriola, che qualche mio quadretto mi ha procacciata, io ora mi vergognassi della tenera, devota, costante amicizia di quell'umile e caro dottor Palumba.

Zitto, dunque. No, che zitto! M'affrettai a dimostrare anch'io una vivissima premura di conoscere intanto la recente disgrazia di quel mio povero intimo amico.

— Oh, caro Palumba! Ma guarda... Quanto me ne dispiace! La moglie, povero Palumba? E quanti figliuoli gli ha lasciati?

Tre? Eh già, sí, dovevano esser tre. E piccini tutti e tre, sicuro, perché aveva sposato da poco... Meno male, però, che aveva in casa una sorella nubile... Già già... sí sí... come no? me ne ricordavo benissimo! Gli aveva fatto da madre, quella sorella nubile: oh, tanto buona, tanto buona anche lei... Carmela? No. An... Angelica? Ma guarda un po', che smemorato! An...tonia, già, Antonia, Antonia, ecco: adesso mi ricordavo benissimo! E c'era da scommettere che anche lei, Antonia, non passava giorno che non parlasse di me, a lungo. Eh sí, proprio; e non solo di me, ma anche della maggiore delle mie sorelle, parlava, della quale era stata compagna di scuola fino al primo corso normale.

Perdio! Quest'ultima notizia m'afferrò, dirò cosí, per le braccia e m'inchiodò lí a considerare, che infine qualcosa di vero doveva esserci nella sviscerata amicizia di questo

Palumba per me. Non era più lui solo; c'era anche Antonia adesso, che si diceva amica d'una delle mie sorelle! E costei affermava d'avermi veduto tante volte, piccino, in casa mia, quando veniva a trovare quella mia sorella.

— Ma è mai possibile, — smaniavo tra me e me, con crescente orgasmo, — è mai possibile, che di questo Palumba soltanto io non abbia serbato alcun ricordo, la più lieve traccia nella memoria?

Luoghi, cose e persone – sí – tutto era divenuto per me diverso; ma infine un dato, un punto, un fondamento sia pur minimo di realtà, o meglio, di quella che per me era realtà allora, le mie illusioni lo avevano; poggiava su qualche cosa la mia finzione. Avevo potuto riconoscer vani i miei ricordi, in quanto gli aspetti delle cose mi si eran presentati diversi dal mio immaginare, eppur non mutati; ma le cose erano! Dove e quando era mai stato per me questo Palumba?

Ero insomma come quell'ubriaco che, nel restituire in un canto deserto la gozzoviglia di tutta la giornata, vedendosi d'improvviso un cane sotto gli occhi, assalito da un dubbio atroce, si domandava:

— Questo l'ho mangiato qui; quest'altro l'ho mangiato lí; ma questo diavolo di cane dove l'ho mai mangiato?

— Bisogna assolutamente, – dissi a me stesso, – ch'io vada a vederlo, e che gli parli. Io non posso dubitare di lui: egli è – qua – per tutti – di fatto – l'amico più intimo di Carlino Bersi. Io dubito di me – Carlino Bersi – finché non lo vedo. Che si scherza? c'è tutta una parte della mia vita, che vive in un altro, e della quale non è in me la minima traccia. È mai possibile ch'io viva cosìin un altro a me del tutto ignoto, senza che ne sappia nulla? Oh via! via! Non è possibile, no! Questo cane io non l'ho mangiato; questo dottor Palumba dev'essere un fanfarone, uno dei soliti cianciatori delle farmacie rurali, che si fanno belli dell'amicizia di chiunque fuori del cerchio del paesello nativo sia riuscito a farsi, comunque, un po' di nome, anche di ladro emerito. Ebbene, se è cosí, ora lo accomodo io. Egli prova gusto a rappresentarmi a tutti come il più sciocco burlone di questo mondo? Vado a presentarmigli sotto un finto nome; gli dico che sono il signor… il signor Buffardelli, ecco, amico e compagno d'arte e di studio a Roma di Carlino Bersi, venuto con lui in Sicilia per un'escursione artistica; gli dico che Carlino è dovuto ritornare a rotta di collo a Palermo per rintracciare alla dogana i nostri bagagli con tutti gli attrezzi di pittura, che avrebbero dovuto arrivare con noi; e che intanto, avendo saputo della disgrazia capitata al suo dilettissimo amico dottor Palumba, ha mandato subito me, Filippo Buffardelli, a far le condoglianze. Mi presenterò anzi con un biglietto di Carlino. Sono sicuro, sicurissimo, che egli abboccherà all'amo. Ma, dato e non concesso ch'egli veramente mi abbia una volta conosciuto e ora mi riconosca; ebbene: non sono per lui un gran burlone? Gli dirò che ho voluto fargli questa burla.

Molti degli antichi compagni, quasi tutti, avevano stentato in prima a riconoscermi. E difatti, sí, m'accorgevo io stesso d'esser molto cambiato, cosìgrasso e barbuto, adesso, e senza più capelli, ahimè!

Mi feci indicare la casa del dottor Palumba, e andai.

Ah, che sollievo!

In un salottino fiorito di tutte le eleganze provinciali mi vidi venire innanzi uno spilungone biondastro, in papalina e pantofole ricamate, col mento inchiodato sul petto e le labbra stirate per aguzzar gli occhi a guardare di sui cerchi degli occhiali. Mi sentii subito riavere.

No, niente, neppure un briciolo di me, della mia vita, poteva essere in quell'uomo.

Non lo avevo mai veduto, di sicuro, né egli aveva mai veduto me.

— Buff... com'ha detto, scusi?

— Buffardelli, a servirla. Ecco qua: ho un biglietto per lei di Carlino Bersi.

— Ah, Carlino! Carlino mio! — proruppe giubilante il dottor Palumba, stringendo e accostando alle labbra quel biglietto, quasi per baciarlo. — E come non è venuto? dov'è? dov'è andato? Se sapesse come ardo di rivederlo! Che consolazione sarebbe per me una sua visita in questo momento! Ma verrà... Ecco, sí... mi promette che verrà... caro! caro! Ma che gli è accaduto?

Gli dissi dei bagagli andati a rintracciare alla dogana di Palermo. Perduti, forse? Quanto se n'afflisse quel caro uomo! C'era forse qualche dipinto di Carlino?

E cominciò a imprecare all'infame servizio ferroviario; poi a domandarmi se ero amico di Carlino da molto tempo, se stavamo insieme anche di casa, a Roma...

Era maraviglioso! Mi guardava fisso fisso, e con gli occhiali, facendomi quelle domande, ma non aveva negli occhi se non l'ansia di scoprirmi nel volto se fosse sincera come la sua la mia amicizia e pari al suo il mio affetto per Carlino.

Risposi alla meglio, compreso com'ero e commosso da quella maraviglia; poi lo spinsi a parlare di me.

Oh, bastò la spinterella, lieve lieve, d'una parola: un torrente m'investí d'aneddoti stravaganti, di Carlino bimbo, che stava in via San Pietro e tirava dal balcone frecce di carta sul nicchio del padre beneficiale; di Carlino ragazzo, che faceva la guerra contro i rivali di piazza San Francesco; di Carlino a scuola e di Carlino in vacanza; di Carlino, quando gli tirarono in faccia un torso di cavolo e per miracolo non lo accecarono; di Carlino commediante e marionettista e cavallerizzo e lottatore e avvocato e bersagliere e brigante e cacciatore di serpi e pescatore di ranocchie; e di Carlino, quando cadde da un terrazzo su un pagliajo e sarebbe morto se un enorme aquilone non gli avesse fatto da paracadute, e di Carlino...

Io stavo ad ascoltarlo, sbalordito; no, che dico sbalordito? quasi atterrito.

C'era, sí, c'era qualcosa, in tutti quei racconti, che forse somigliava lontanamente ai miei ricordi. Erano forse, quei racconti, ricamati su lo stesso canovaccio de' miei ricordi, ma con radi puntacci sgarbati e sbilenchi. Potevano essere, insomma, quei racconti, press'a poco i miei stessi ricordi, vani allo stesso modo e inconsistenti, e per di più spogliati d'ogni poesia, immiseriti, resi sciocchi, come rattrappiti e adattati al misero aspetto delle cose, all'affliggente angustia dei luoghi.

E come e donde eran potuti venire a quell'uomo, che mi stava di fronte; che mi guardava e non mi riconosceva; che io guardavo e... ma sí! Forse fu per un guizzo di luce che gli scorsi negli occhi, o forse per un'inflessione di voce... non so! Fu un lampo. Sprofondai lo sguardo nella lontananza del tempo e a poco a poco ne ritornai con un sospiro e un nome:

— Loverde...

Il dottor Palumba s'interruppe, stordito.

— Loverde... sí, — disse. — Io mi chiamavo prima Loverde. Ma fui adottato, a sedici anni, dal dottor Cesare Palumba, capitano medico, che... Ma lei, scusi, come lo sa?

Non seppi contenermi:

— Loverde... eh, sí... ora ricordo! In terza elementare, sí!... Ma... conosciuto appena...

— Lei, come? Lei mi ha conosciuto?

— Ma sí... aspetta... Loverde, il nome?

— Carlo...

— Ah, Carlo… dunque, come me… Ebbene, non mi riconosci proprio? Sono io, non mi vedi? Carlino Bersi!

Il povero dottor Palumba restò come fulminato. Levò le mani alla testa, mentre il viso gli si scomponeva tra guizzi nervosi, quasi pinzato da spilli invisibili.

— Lei?… tu?… Carlino… lei? tu?… Ma come?… io… oh Dio!… ma che…

Fui crudele, lo riconosco. E tanto più mi dolgo della mia crudeltà, in quanto quel poverino dovette credere senza dubbio ch'io avessi voluto prendermi il gusto di smascherarlo di fronte al paese con quella burla; mentre ero più che sicuro della sua buona fede, più che sicuro ormai d'essere stato uno sciocco a maravigliarmi tanto, poiché io stesso avevo già sperimentato, tutto quel giorno, che non hanno alcun fondamento di realtà quelli che noi chiamiamo i nostri ricordi. Quel povero dottor Palumba credeva di ricordare… S'era invece composta una bella favola di me! Ma non me n'ero composta una anch'io, per mio conto, ch'era subito svanita, appena rimesso il piede nel mio paesello natale? Gli ero stato un'ora di fronte, e non mi aveva riconosciuto. Ma sfido! Vedeva entro di sé Carlino Bersi, non quale io ero, ma com'egli mi aveva sempre sognato.

Ecco, ed ero andato a svegliarlo da quel suo sogno.

Cercai di confortarlo, di calmarlo; ma il pover'uomo, in preda a un crescente tremor convulso di tutto il corpo, annaspando, con gli occhi fuggevoli, pareva andasse in cerca di se stesso, del suo spirito che si smarriva, e volesse trattenerlo, arrestarlo, e non si dava pace e seguitava a balbettare:

— Ma come?… che dice?… ma dunque lei… cioè, tu… tu dunque… come… non ti ricordi… che tu… che io…

Di guardia

— Tutti? Chi manca? — domandò San Romé, affacciandosi a una delle finestre basse del grazioso villino azzurro, dalle torricelle svelte e i balconi di marmo scolpiti a merletti e a fiorami.

— Tutti! tutti! — gli rispose a una voce, dal verde spiazzo ancor bagnato e luccicante di guazza, la comitiva dei villeggianti ravvivati dalla gaja freschczza dell'aria mattutina, essendo venuti sú da Sarli a piedi.

Ma uno strillò:

— Manca Pepi!

— S'è affogato in Via della Buffa! — aggiunse la generalessa De Robertis, togliendosi dal braccio il seggio a libriccino per mettersi a sedere.

Tutti risero; anche San Romé dalla finestra, ma più per quel che vide: cioè, la Generalessa, enormemente fiancuta, che presentava il di dietro, china nell'atto d'assicurare i piedi del seggiolino su l'erba dello spiazzo.

— E perché manca Pepi?

— Mal di capo, — rispose Biagio Casòli. — Sono andato a svegliarlo io stamattina. Teme, dice, che gli prenda la febbre.

Questa notizia fu commentata malignamente, sotto sotto, dal crocchio delle signorine. Roberto San Romé se n'accorse dalla finestra; vide quella smorfiosa della Tani, tutta cascante di vezzi, ammiccare all'altra viperetta della Bongi, e si morse il labbro.

Intanto dallo spiazzo la comitiva impaziente gli gridava di far presto. S'eran levati tutti a bujo, giú a Sarli, per fare pian piano la salita fino a Gori; da Gori a Roccia Balda c'erano tre ore buone di cammino, e bisognava andar lesti per arrivarci prima che il sole s'infocasse.

— Ecco, — disse San Romé, ritirandosi. — Dora sarà pronta. Un momentino.

E andò al piano di sopra a picchiare all'uscio della camera della cognata, che non s'era ancor fatta vedere.

La trovò stesa su una sedia a sdrajo, in accappatojo bianco, coi bellissimi capelli biondi disciolti e una grossa benda bagnata, ravvolta studiatamente intorno al capo, come un turbante.

Pareva Beatrice Cenci.

— Come! — esclamò, restando. — Ancora cosí? Son tutti giú che t'aspettano!

— Mi dispiace, — disse Dora, socchiudendo gli occhi. — Ma io non posso venire.

— Come! — ripeté il cognato. — Perché non puoi? Che t'è accaduto?

Dora alzò una mano alla testa e sospirò:

— Non vedi? Non mi reggo in piedi, dal mal di capo.

San Romé strinse le pugna, impallidí, con gli occhi gonfi d'ira.

— Anche tu? — proruppe. — E temi niente niente che ti prenda la febbre, eh? Ma guarda un po' che combinazione! Il signor Pepi…

— Che c'entra Pepi?… — domandò lei accigliandosi lievemente.

— Mal di capo, mal di capo, anche lui. E non è venuto, — rispose San Romé, pigiando su le parole. — Bada, Dora, che giú è stata notata la malattia improvvisa di questo signore, e ti prego di non dar nuova esca alla malignità della gente.

Dora s'intrecciò sul capo le belle mani inanellate, lasciando scivolar su le braccia le ampie maniche dell'accappatojo; sorrise impercettibilmente, strizzò gli occhi un po' miopi, e disse:

— Non capisco. Non è permesso aver mal di capo in casa vostra?

— In casa nostra, — prese a risponderle San Romé, con violenza; ma si contenne; cangiò tono: — Sú, Dora, ti prego, levati e smetti codesta commedia. Ho incomodato per te una ventina di signore e signori, e t'avverto che gonfio da un pezzo in silenzio e voglio che tu la finisca.

Ma Dora scoppiò in una risata interminabile. Poi si levò in piedi, gli s'accostò, reggendosi con una mano la benda su la fronte, e gli disse:

— Ma sai che mio marito stesso non si permetterebbe codesto tono con me? T'ha lasciato detto ch'io ti debbo proprio ubbidienza intera? Caro mio tutore, caro mio custode, caro mio signor carabiniere, ho mal di capo veramente, e basta cosí.

Si ritirò nella camera attigua, sbattendo l'uscio; ci mise il paletto, e gli mandò di là un'altra bella risata.

Roberto San Romé fece istintivamente un passo, quasi per trattenerla, e rimase tutto vibrante innanzi all'uscio chiuso, con le mani alle guance, come se lei con quel riso gliel'avesse sferzato.

Fu cosìviva questa impressione e gli fece tale impeto dentro, ch'egli sentí a un tratto quanto fosse ridicola la parte che rappresentava da circa tre mesi, da quando cioè suo fratello Cesare era venuto a lasciar la moglie a Gori, presso la madre da un anno inferma e relegata a letto.

Aveva fatto di tutto per renderle piacevole il soggiorno in quel borgo alpestre; la aveva condotta quasi ogni mattina giú a Sarli, dov'eran più numerosi i villeggianti; aveva concertato feste, escursioni, scampagnate. Dapprima, la cognatina elegante e capricciosa s'era annojata e gliel'aveva dimostrato in tutti i modi: aveva scritto cinque, sei, sette volte al marito, ch'ella di Gori ne aveva già fin sopra gli occhi e che venisse subito a prenderla; ma, poiché Cesare su questo punto non s'era nemmeno curato di risponderle e, con la scusa di certi affari da sbrigare, se la spassava liberamente a Milano; per dispetto, là, s'era attaccata a quel signor Pepi che le faceva una corte scandalosa.

Ed era cominciato allora il supplizio di San Romé. Si poteva dare ufficio più ridicolo del suo? far la guardia alla cognata che, nel vederlo cosìvigile e sospettoso e costretto a usar prudenza, pareva glielo facesse apposta? Più d'una volta, non potendone più, era stato sul punto di piantarlesi di faccia e di gridarle:

«Bada, Dora, son tomo da rompergli il grugno io, a quel tuo spasimante! E se non ne sei persuasa, te ne faccio subito la prova.»

Ma più le mostrava stizza, e più lei gli sorrideva sfacciatamente. Oh, certi sorrisi, certi sorrisi che tagliavano più d'un rasojo e gli dicevano chiaro e tondo quanto fossero buffe quelle sue premure, quella sua mutria, quella sua sorveglianza.

Col tatto, col garbo, egli si lusingava d'esser riuscito finora a impedire che lo scandalo andasse tropp'oltre e diventasse irreparabile. Ma, dato il caratterino della cognata, non era ben sicuro di non aver fatto peggio, qualche volta, con quella assidua e mal dissimulata vigilanza, di non aver cioè provocato qualche imprudenza troppo avventata. Aveva voluto farle comprendere subito che s'era accorto di tutto e che avvertiva a ogni parola, a ogni sguardo, a ogni mossa di lei, quando Pepi era là e anche quando non c'era. Lei si era allora armata di quel suo riso dispettoso, quasi accettando la sfida ch'era negli sguardi cupi e fermi di lui. Non voleva riconoscergli alcuna autorità su lei. Ed era uscita, per esempio, sola per tempissimo dal villino, costringendolo a correre come un bracco, a scovarla nel bosco dei castagni, a mezza via tra Sarli e Gori. Sola – sí – l'aveva trovata sola, sempre: ma poi, più d'una volta, gli era parso di scorgere attraverso le stecche delle persiane Pepi là a Gori, di notte, presso il villino, Pepi che villeggiava a Sarli.

Forse, fino a quel giorno, non era accaduto nulla di grave. Ma ora? Ecco qua: ad onta di tutte le sue diligenze, si vedeva come preso al laccio. Era evidente, evidentissima un'intesa tra i due, tra il Pepi e Dora. E lui non poteva trarsi indietro: l'aveva proposta lui quella gita a Roccia Balda; aveva mandato già avanti la colazione per tutti lassú. Quei signori sarebbero potuti andare più agevolmente e più presto da Sarli, ed eran venuti sú a Gori apposta per prender Dora e lui. Non poteva dunque, in nessun modo, con nessuna scusa, rimandarli indietro: doveva andar con loro senza meno. E certamente in quel giorno… ah povero Cesare!

Come annunziare intanto che anche Dora, come Pepi giú a Sarli, aveva il mal di capo?

San Romé scese allo spiazzo per un ultimo tentativo: pregare le signore che inducessero loro la cognata a venire.

Lo affollarono di domande: — Perché? — Che ha? — Si sente male? Oh guarda! — Oh poverina! — Ma come? — Da quando? — Che si sente?

Lui si guardò bene dal dichiarare il male che accusava la cognata; ma lo dichiarò lei, Dora, poco dopo là – come se nulla fosse – a quelle signore, e volle anche aggiungere, calcando su la voce:

— Temo finanche che mi prenda la febbre.

Roberto San Romé ebbe la tentazione di tirarle una spinta da mandarla a schizzar fuori della finestra. Ah, quanto gli avrebbe fatto bene al cuore, per votarselo di tutta la bile accumulata in quei tre mesi.

— Febbre? No, cara, — s'affrettò a dirle la Generalessa, proprio come se credesse al mal di capo. — Faccia sentire il polso… Agitatino, agitatino… Riposo, cara. Sarà un po' di flussione.

E chi le consigliò questo e chi quel rimedio e che si prendesse cura a ogni modo di quel male, che non avesse a diventar più grave, povera Dora, povera cara…

Sentí finirsi lo stomaco San Romé ascoltando gli amorevoli consigli di tutte quelle ipocrite, nelle quali aveva sperato ajuto e che invece: — Ma sí, pallidina! — Ma sí, le si vede dagli occhi! — Ma certo, un po' di riposo le farà bene! — Quanto ci duole! — Quanto ci dispiace! — Roccia Balda è lontana: non potrebbe far tanto cammino…

Baci, saluti, altre raccomandazioni e, per non far troppo tardi e perché la colazione era già partita per Roccia Balda, finalmente s'avviarono dolentissime di lasciarla, portandosi quel bravo, quel gentile San Romé che aveva avuto la felicissima idea di una gita cosìpiacevole.

Né si fermarono lí. Attraversando, tra i prati cinti di altissimi pioppi, i primi ceppi di case, frazioni di Gori, tutte sonore d'acque correnti giú per borri e per zane, e vedendo San Romé pallido e taciturno, vollero esortarlo a gara a non apprensionirsi tanto, perché, via, in fin de' conti era una lieve indisposizione che sarebbe presto passata. E il pover'uomo dovette allora sorridere e assicurar quelle buone signore, quelle care signorine che lui non era punto in pensiero per il male della cognata e ch'era anzi lieto, lietissimo di trovarsi in cosìbella compagnia per tutta la giornata.

Oh, il cielo era splendido e non c'era davvero pericolo che si rovesciasse uno di quegli acquazzoni improvvisi, cosìfrequenti in montagna, a interromper la gita; né c'era alcuna probabilità di liberarsi prima di sera, con quel bravo signor Bortolo Raspi di Sarli, che pesava a dir poco un quintale e mezzo e a piedi era voluto venire, a piedi anche lui, vantandosi d'essere un gran camminatore, lui, e già cominciava a soffiare come un biacco e a far eco alla Generalessa, che s'era portato intanto il seggio a libriccino e dichiarava d'aver bisogno di sostare di tratto in tratto, lei, per non affaticarsi troppo il cuore. Stancare no, non si stancava la Generalessa; ma certo quanto più si va in là, eh? più si va piano. Lo sapeva bene il signor Generale suo marito, rimasto a Sarli, che non andava più neanche piano, da sette anni ormai in riposo assoluto.

— Nandino! Nandino! Non ti precipitare al tuo solito, figliuolo mio. T'accaldi troppo! San Romé, prego, San Romé, venga qua: cosìandranno un po' più piano quelle benedette ragazze.

E, per tenerlo con sé, gli volle narrare la sua storia, la Generalessa, come l'aveva narrata a tutti i villeggianti giú a Sarli: gli volle dare in quel momento la consolazione di sapere che suo papà aveva una bella posizione, perché guadagnava bene, suo papà; e che lei era anche marchesa, sicuro! ma che non ci teneva affatto: marchesa, perché suo papà, a diciott'anni, quand'era ancora «un tocco di ragazza da chiudere a doppia mandata in guardaroba» l'aveva dapprima sposata a un marchese, che però glien'aveva fatte vedere d'ogni colore; oh, le era toccato finanche a servirlo otto anni con la spinite. Rimasta vedova, bella (non lo diceva per vanità), aveva conosciuto il Generale, perché lei «teneva radunanze»: lui era un bel soldato: s'erano innamorati l'uno dell'altra; e, si sa, era finita come doveva finire. Nato Nandino, lei aveva saputo far le cose per bene: aveva dato il bambino a balia e aveva sposato.

— Bisogna sempre saper fare le cose per bene, caro mio!

— Eh già, — sorrideva San Romé, che si sentiva struggere dalla brama di mordere e avrebbe voluto risponderle che sapeva quel che le male lingue dicevano, che ella cioè era stata cameriera di quel marchese, prima, del Generale poi.

Ma non pareva affatto, povera Generalessa! almeno fino a una cert'ora del giorno. Non ostante la pinguedine, lei di mattina era sempre poetica; poi, è vero, cascava a parlar di cucina, ma perché le era sempre piaciuto, diceva, attendere alle cure casalinghe; e insegnava volentieri alle amiche qualche buon manicaretto. Al Generale faceva lei da mangiare: sí, perché bocca schifa quel benedett'uomo! mai e poi mai avrebbe assaggiato un cibo apparecchiato da altre mani.

— Oh bello! oh bello!

E si fermò ad ammirare un prato, su cui una moltitudine di gambi esili, dritti, stendevano come un tenuissimo velo, tutto punteggiato in alto da certi pennacchietti d'un rosso cupo, bellissimi. Come si chiamava, quella pianta graziosa?

— Oh, cattiva! — grugní il signor Raspi. — Le bestie non ne mangiano. Qui la chiamano *frujosa* o *scaletta*. Non serve a nulla, sa?

Che sguardo rivolse la Generalessa a quel savio uomo che dal tondo faccione, dagli occhietti porcini spirava la beatitudine della piú impenetrabile balordaggine. Non comprendeva che, in certe ore poetiche, conveniva anche ammirare le cose che non servono a nulla.

— San Romé, non perché tema di stancarmi, ma, dico, per calcolar l'ora che si potrà fare, che via c'è ancora fino a Roccia Balda?

— Uh, tanta, signora mia! C'è tempo! — sbuffò San Romé. — Da dieci a dodici chilometri. Ora però entreremo nel bosco.

— Oh bello! oh bello! — ripeté la Generalessa.

San Romé non poté più reggere e la lasciò col Raspi. Di là, quelle pettegoline, la Bongi, la Tani, tenendosi per la vita, avevano attaccato un discorsetto fitto fitto, interrotto da brevi risatine, e di tanto in tanto si voltavano indietro a spiare se mai egli stesse in orecchi.

Su l'ultimo prato in declivio stavano a guardia d'alcuni giovenchi due brutte vecchie rugose e rinsecchite, intente a filar la lana all'ombra dei primi castagni del bosco.

— E la terza Parca dov'è? — domandò loro forte, seriamente, Biagio Casòli.

Quelle risposero che non lo sapevano, e allora il Casòli si mise a declamare:

> *De' bei giovenchi dal quadrato petto,*
> *erte sul capo le lunate corna,*
> *dolci negli occhi, nivei, che il mite*
> >> *Virgilio amava.*

Il signor Raspi, da lontano, si mise a ridere in una sua special maniera, come se frignasse, e domandò al Casòli:

— Che amava Virgilio? Le corna?

— Giusto le corna! — disse la Generalessa.

E tutti scoppiarono a ridere.

Lui, San Romé, le aveva già avvistate da lontano, quelle corna, e gli pareva assai che gli amici non ne profittassero per qualche poetica allusione.

Entrarono nel bosco. Ora avrebbero potuto distrarsi, tutti quei cari signori, ammirando, come faceva la Generalessa quasi per obbligo e il signor Raspi, per fare una piccola sosta e riprender fiato, qua una cascatella spumosa, là un botro scosceso e cupo all'ombra di bassi ontani, più là un ciottolo nel rivo, vestito d'alga, su cui l'acqua si frangeva come se fosse di vetro, suscitando una ridda minuta di scagliette vive; ma, nossignori! nessuno sentiva quella deliziosa cruda frescura d'ombra insaporata d'acute fragranze, quel silenzio tutto pieno di fremiti, di fritinii di grilli, di risi di rivoli.

Pur chiacchierando tra loro, facevan tutti, come San Romé che se ne stava in silenzio e diventava a mano a mano più fosco e più nervoso, un certo calcolo approssimativo. Dalla via che avevano percorsa, argomentavano a qual punto del viale che va da Sarli a Gori poteva esser giunto a quell'ora il Pepi. Senza dubbio, Dora gli sarebbe andata incontro pian piano, venendo giú da Gori. Poi certo, avvistandosi da lontano, avrebbero lasciato il viale, lei di sopra, lui di sotto, e sarebbero scesi nella valle boscosa del Sarnio per ritrovarsi, senza mal di capo, laggiú, ben protetti dagli alberi.

Tutte queste supposizioni si dipingevano cosìvive alla mente di San Romé, che gli pareva proprio di vederli, quei due, muovere al convegno, ridersi di lui, prima fra sé e sé, poi tutt'e due insieme; e apriva e chiudeva le mani, affondandosi le unghie nelle palme; quindi, notando che quegli altri si accorgevano del suo irrequieto malumore e che tuttavia, ora, non gli dicevano più nulla, come se paresse loro naturalissimo, si riaccostava ad essi, si sforzava a parlare, scacciando l'immagine viva, scolpita, di quel tradimento che gli pareva fatto a lui più che al fratello ignaro e lontano. Ma, poco dopo, all'improvviso, non potendo interessarsi di quelle vuote chiacchiere, era riassalito da quell'immagine e si sentiva schernito da quella gente, la quale, sapendo benissimo qual supplizio fosse per lui quella gita, ecco, gli sorrideva per dimostrarglisi grata del piacere ch'egli aveva loro procurato, e gli domandava certe cose, certe cose... Ecco qua: la Tani, per esempio, a un certo punto, se credeva che quell'albero là fosse stato colpito dal fulmine. Perché? Perché pareva che facesse le corna, quel ceppo biforcuto... No? E perché dunque più tardi, cioè quando finalmente arrivarono a Roccia Balda e tutti, dall'alto, si misero ad ammirare la vista maravigliosa della Valsarnia, perché la Generalessa volle saper da lui, come si chiamassero quei due picchi cinerulei, di là dall'ampia vallata? Ma per fargli vedere che gli facevano le corna, là, da lontano, anche i due picchi di Monte Merlo! No? E perché dunque, dopo colazione, quel bravo signor Bortolo Raspi cavò di tasca il fazzoletto, vi fece quattro nodini a gli angoli e se lo pose sul testone sudato? Ma per mostrargli anche lui due bei cornetti su la fronte...

Corna, corna, non vide altro che corna, da per tutto, San Romé quel giorno. Le toccò poi quasi con mano, quando, sul tardi, avendo accompagnato la comitiva fino a Sarli per la via più corta, e risalendosene solo per il viale a Gori, a un certo punto, giú nella valle, tra i castagni, intravide Pepi, seduto e assorto senza dubbio nel ricordo della gioja recente.

Si fermò, pallido, fremente, coi denti serrati, serrate le pugna, perplesso, come tenuto tra due: tra la prudenza e la brama impetuosa di lasciarsi andar giú a precipizio, piombare addosso a quell'imbecille, farne strazio e vendicarsi cosìdella tortura di tutta quella giornata. Ma, in quel punto, gli arrivò dalla svolta del viale una vocetta limpida e fervida che canticchiava un'arietta a lui ben nota. Si voltò di scatto, e si vide venire incontro la cognata col capo appoggiato languidamente alla spalla d'un uomo che la teneva per la vita.

Roberto San Romé sentí stroncarsi le gambe.

— Cesare! — gridò, trasecolando.

Il fratello, che stava a guardare in estasi le prime stelle nel cielo crepuscolare, mentre la mogliettina tutta languida cantava, sussultò al grido e gli s'avvicinò con Dora, la quale, vedendolo, scoppiò in una di quelle sue interminabili risate.

— Tu qua? — fece San Romé. — E quando sei arrivato?

— Ma stamattina alle nove, perbacco! — gli rispose il fratello. — Non hai visto jersera il mio telegramma?

— Non l'ha visto, non l'ha visto — disse Dora, guardando il cognato con gli occhi sfavillanti. — Era già a Sarli per concertar la gita a Roccia Balda, e io non ho voluto dirgli nulla per non guastargli il divertimento che pareva gli stesse tanto a cuore. Mi dispiace solamente, — aggiunse, — che l'ho tenuto forse in pensiero a causa… a causa d'un certo mal di capo che ho dovuto simulare per sottrarmi alla gita. Passato, sai, caro? passato del tutto.

Prese anche il braccio del cognato, per risalire pian piano a Gori, e col tono di voce più carezzevole gli domandò:

— E di', Roberto, ti sei divertito?

Dono della vergine maria

x Assunta.

x Filomena.

x Crocifissa.

x Angelica.

x Margherita.

x ...

Cosí: una crocetta e il nome della figlia morta accanto. Cinque, in colonna. Poi una sesta, che aspettava il nome dell'ultima: Agata, a cui poco ormai restava da patire.

Don Nuccio D'Alagna si turò le orecchie per non sentirla tossire di là; e quasi fosse suo lo spasimo di quella tosse, strizzò gli occhi e tutta la faccia squallida, irta di peli grigi; poi s'alzò.

Era come perduto in quella sua enorme giacca, che non si sapeva più di che colore fosse e che dava a vedere che anche la carità, se ci si mette, può apparire beffarda. La aveva certo avuta in elemosina quella vecchia giacca. E don Nuccio, per rimediare, dov'era possibile, al soverchio della carità, teneva più volte rimboccate sui magri polsi le maniche. Ma ogni cosa, come quella giacca, la sua miseria, le sue disgrazie, la nudità della casa pur tutta piena di sole, ma anche di mosche, dava l'impressione di una esagerazione quasi inverosimile.

Prima di recarsi di là, aspettò un pezzetto, sapendo che la figlia non voleva che accorresse a lei, subito dopo quegli accessi di tosse; e intanto cancellò col dito quel camposanto segnato sul piano del tavolino.

Oltre al lettuccio dell'inferma, in quell'altra camera, c'era soltanto una seggiola sgangherata e un pagliericcio arrotolato per terra, che il vecchio ogni sera si trascinava nella stanza vicina per buttarvisi a dormir vestito. Ma eran rimaste stampate a muro, sulla vecchia carta da parato scolorita, qua e là strappata e con gli strambelli pendenti, le impronte degli altri mobili pegnorati e svenduti; e ancora attaccato al muro qualche resto dei ragnateli un tempo nascosti da quei mobili.

La luce era tanta, in quella stanza nuda e sonora, che quasi si mangiava il pallore del viso emaciato dell'inferma giacente sul letto. Si vedevano solo in quel viso le fosse azzurre degli occhi. Ma in compenso poi, tutt'intorno, sul guanciale un incendio, al sole, dei capelli rossi di lei. E lei che, zitta zitta, a quel sole che le veniva sul letto si guardava le mani, o si avvolgeva attorno alle dita i riccioli di quei magnifici capelli. Cosìzitta, cosìquieta, che a guardarla e a guardar poi attorno la camera, in tutta quella luce, se non fosse stato per il ronzío di qualche mosca, quasi non sarebbe parsa vera.

Don Nuccio, seduto su quell'unica seggiola, s'era messo a pensare a una cosa bella bella per la figliuola: alla sola cosa a lei ormai desiderabile, che Dio cioè le aprisse la mente, che quel duro patire lí sul saccone sudicio di quel letto nella casa vuota la persuadesse a chiedere d'esser portata all'ospedale, dove nessuna delle sorelle, morte prima, era voluta andare.

Ci si moriva lo stesso? No: don Nuccio scoteva un dito, con convinzione: era un'altra cosa; più pulita.

Rivedeva difatti col pensiero una lunga corsia, lucida, con tanti e tanti lettini bianchi in fila, di qua e di là, e un finestrone ampio in fondo sull'azzurro del cielo; rivedeva le suore di carità, con quelle grandi ali bianche in capo e quel tintinnío delle medaglie appese al rosario, a ogni passo; rivedeva pure un vecchio sacerdote che lo conduceva per mano lungo quella corsia: egli guardava smarrito, angosciato dalla commozione, su questo e su quel letto; alla fine il prete gli diceva: «Qua» e lo attirava presso la sponda d'uno di quei letti, ove giaceva moribonda, irriconoscibile, quella sciagurata che, dopo avergli messo al mondo sei creaturine, se n'era scappata di casa per andar poi a finir lí. — Eccola! — Già a lui era morta la prima figlia, Assunta, di dodici anni.

— Come te! quella non ti perdona.

— Nuccio D'Alagna, — lo aveva ammonito severamente il vecchio sacerdote. — Siamo davanti alla morte.

— Sí, padre. Dio lo vuole, e io la perdono.

— Anche a nome delle figlie?

— Una è morta, padre. A nome delle altre cinque che le terranno dietro.

Tutte, davvero, una dopo l'altra. Ed egli, ora, era quasi inebetito. Se l'erano portata via con loro, la sua anima, le cinque figliuole morte. Per quest'ultima gliene restava un filo appena. Ma pur quel filo era ancora acceso in punta; aveva ancora in punta come una fiammellina. La sua fede. La morte, la vita, gli uomini, da anni soffiavano, soffiavano per spegnergliela: non c'erano riusciti.

Una mattina aveva veduto aprire a un suo vicino di casa, che abitava dirimpetto, lo sportello della gabbiola per cacciarne via un ciuffolotto ammaestrato ch'egli, alcuni giorni addietro, gli aveva venduto per pochi soldi.

Era d'inverno e pioveva. Il povero uccellino era venuto a batter le alucce ai vetri dell'antica finestra, quasi a chiedergli ajuto e ospitalità.

Aveva aperto la finestra, e che carezze a quel capino bagnato dalla pioggia! Poi se l'era posato su la spalla come un tempo, ed esso a bezzicargli il lobo dell'orecchio. Si ricordava dunque! Lo riconosceva! Ma perché quel vicino lo aveva cacciato via dalla gabbia?

Non aveva tardato a capirlo, don Nuccio. Aveva già notato da alcuni giorni, che la gente per via lo scansava, e che qualcuno, vedendolo passare, faceva certi atti.

L'uccellino gli era rimasto in casa, tutto l'inverno, a saltellare e a svolare cantando per le due stanzette, contento di qualche briciola di pane. Poi, venuto il bel tempo, se n'era andato via; non tutt'a un tratto, però: erano state prima scappatine sui tetti delle prossime case: ritornava la sera; poi non era tornato più.

E pazienza, cacciar via un uccellino! Ma cacciar via anche lui, buttarlo in mezzo a una strada, con la figlia moribonda... C'era coscienza?

— La coscienza, don Nuccio mio, io ce l'ho! Ma sono anche ricevitore del lotto — gli aveva detto lo Spiga, che da tant'anni lo teneva nel suo botteghino.

Ogni mestiere, ogni professione vuole una sua particolar coscienza. E uno che sia ricevitore del lotto, si può dire che commetta una cattiva azione, togliendo il pane di bocca a un vecchio, il quale, con la fama di jettatore che gli hanno fatta in paese, certo non chiama più gente al banco a giocare?

Don Nuccio s'era dovuto arrendere a questa lampante verità; e se n'era andato da quel botteghino piangendo. Era un sabato sera; e nella casa dirimpetto, quello stesso vicino che aveva cacciato il ciuffolotto dalla gabbia, festeggiava una vincita al lotto. E l'aveva registrata lui, don Nuccio, al banco, la scommessa di quel vicino. Ecco una prova della sua jettatura.

Seduto presso la finestra, guardava nella casa dirimpetto la mensa imbandita e i convitati che schiamazzavano mangiando e bevendo. A un certo punto, uno s'era alzato ed era venuto a sbattergli in faccia gli scuri della finestra.

Così voleva Dio.

Lo diceva senz'ombra d'irrisione, don Nuccio D'Alagna, che se tutto questo gli accadeva, era segno che Dio voleva cosí. Era anzi il suo modo d'intercalare. E, ogni volta, s'aggiustava sui polsi la rimboccatura delle maniche.

— Un corno! — gli rispondeva però, volta per volta, don Bartolo Scimpri: l'unico che non avesse paura, ormai, d'avvicinarlo.

Sperticatamente alto di statura, ossuto e nero come un tizzone, questo don Bartolo Scimpri, benché da parecchi anni scomunicato, vestiva ancora da prete. Le maniche della vecchia tonaca unta e inverdita avevano il difetto opposto di quelle della giacca di don Nuccio: gli arrivavano poco più giú dei gomiti lasciandogli scoperti gli avambracci pelosi. E scoperti aveva anche, sotto, non solo i piedacci imbarcati in due grossi scarponi contadineschi, ma spesso perfino i fusoli delle gambe cotti dal sole, perché le calze di cotone a furia di rimboccarle da capo attortigliate in un punto perché si reggessero, s'erano slabbrate e gli ricadevano sulla fiocca dei piedi.

Allegramente si vantava della sua bruttezza, di quella sua fronte, che dalla sommità del capo calvo pareva gli scivolasse giú giú fino alla punta dell'enorme naso, dandogli una stranissima somiglianza col tacchino.

— Questa è la vela! — esclamava, battendosi la fronte. — Ci soffia lo spirito divino!

Poi si prendeva con due dita il nasone:

— E questo, il timone!

Aspirava fortemente una boccata d'aria e, al rumore che l'aria faceva nel naso otturato, alzava subito quelle due dita e le scoteva in aria come se le fosse scottate.

Era in guerra aperta con tutto il clero, perché il clero – a suo dire – aveva azzoppato Dio. Il diavolo, invece, aveva camminato. Bisognava a ogni costo ringiovanire Dio, farlo viaggiare in ferrovia, col progresso, senza tanti misteri, per fargli sorpassare il diavolo.

— Luce elettrica! Luce elettrica! — gridava, agitando le lunghe braccia smanicate. — Lo so io a chi giova tanta oscurità! E Dio vuol dire Luce!

Era tempo di finirla con tutta quella sciocca commedia delle pratiche esteriori del culto: messe e quarant'ore. E paragonava il prete nella lunga funzione del consacrar l'ostia per poi inghiottirsela al gatto che prima scherza col topo e poi se lo mangia.

Egli avrebbe edificato la Chiesa Nuova. Già pensava ai capitoli della Nuova Fede. Ci pensava la notte, e li scriveva. Ma prima bisognava trovare il tesoro. Come? Per mezzo della sonnambula. Ne aveva una, che lo ajutava anche a indovinar le malattie. Perché don Bartolo curava anche i malati. Li curava con certi intrugli, estratti da erbe speciali, sempre secondo le indicazioni di quella sonnambula.

Si contavano miracoli di guarigioni. Ma don Bartolo non se ne inorgogliva. La salute del corpo la ridava gratis a chi avesse fiducia nei suoi mezzi curativi. Aspirava a ben altro lui! A preparare alle genti la salute dell'anima.

La gente però non sapeva ancor bene, se crederlo matto o imbroglione. Chi diceva matto, e chi imbroglione. Eretico era di certo; forse, indemoniato. Il tugurio dov'abitava, in un suo poderetto vicino al camposanto, sul paese, pareva l'officina d'un mago. I contadini dei dintorni vi si recavano la notte, incappucciati e con un lanternino in mano, per farsi insegnare dalla sonnambula il luogo preciso di certe *trovature*, tesori nascosti che dicevano di saper sotterrati nelle campagne del circondario al tempo della rivoluzione. E mentre don Bartolo addormentava la sonnambula, muto, spettrale, con le mani sospese sul capo di lei, al lume vacillante d'un lampadino a olio, tremavano. Tremavano, allorché, lasciando nel tugurio la donna addormentata, egli li invitava a uscir con lui all'aperto e li faceva inginocchiare sulla nuda terra, sotto il cielo stellato, e, inginocchiato anche lui, prima tendeva l'orecchio ai sommessi rumori della notte, poi diceva misteriosamente:

— *Ssss...* eccolo! eccolo!

E levando la fronte, si dava a improvvisare stranissime preghiere, che a quelli parevano evocazioni diaboliche e bestemmie.

Rientrando, diceva:

— Dio si prega cosí, nel suo tempio, coi grilli e con le rane. Ora all'opera!

E se qualche tarlo si svegliava nell'antica cassapanca che pareva una bara, là in un angolo, o la fiammella del lampadino crepitava a un soffio d'aria, un brivido coglieva quei contadini intenti e raggelati dalla paura.

Trovato il tesoro, sarebbe sorta la Chiesa Nuova, aperta all'aria e al sole, senz'altari e senz'immagini. Ciò che i nuovi sacerdoti vi avrebbero fatto, don Bartolo veniva ogni giorno a spiegarlo a don Nuccio D'Alagna, il quale era pure il solo che, almeno in apparenza, stesse a sentirlo senza ribellarsi o scappar via con le mani agli orecchi.

— Lasciamo fare a Dio! — arrischiava soltanto, con un sospiro, a quando a quando.

Ma don Bartolo gli dava subito sulla voce:

— Un corno!

E gli dava da ricopiare, per elemosina, a un tanto a pagina, i capitoli della Nuova Fede che scarabocchiava la notte. Gli portava anche da mangiare e qualche magica droga per la figliuola ammalata.

Appena andato via, don Nuccio scappava in chiesa a chieder perdono a Dio Padre, a Gesú, alla Vergine, a tutti i Santi, di quanto gli toccava d'udire, delle diavolerie che gli toccava di ricopiar la sera, per necessità. Lui come lui, si sarebbe lasciato piuttosto morir di fame; ma era per la figlia, per quella povera anima innocente! I fedeli cristiani lo avevano tutti abbandonato. Poteva esser volere di Dio che in quella miseria, nera come la pece, l'unico lume di carità gli venisse da quel demonio in veste da prete? Che fare, Signore, che fare? Che gran peccato aveva commesso perché anche quel boccone di pane dovesse parergli attossicato per la mano che glielo porgeva? Certo un potere diabolico esercitava quell'uomo su lui.

— Liberatemene, Vergine Maria, liberatemene Voi!

Inginocchiato sullo scalino innanzi alla nicchia della Vergine, lí tutta parata di gemme e d'ori, vestita di raso azzurro, col manto bianco stellato d'oro, don Nuccio alzava gli occhi lagrimosi al volto sorridente della Madre divina. A lei si rivolgeva di preferenza perché gl'impetrasse da Dio il perdono, non tanto per il pane maledetto che mangiava, non tanto per quelle scritture diaboliche che gli toccava di ricopiare, quanto per un altro peccato, senza dubbio più grave di tutti. Lo confessava tremando. Si prestava a farsi addormentare da don Bartolo, come la sonnambula.

La prima volta lo aveva fatto per la figlia, per trovare nel sonno magnetico l'erba che gliela doveva guarire. L'erba non si era trovata; ma egli seguitava ancora a farsi addormentare per provar quella delizia nuova, la beatitudine di quel sonno strano.

— Voliamo, don Nuccio, voliamo! — gli diceva don Bartolo, tenendogli i pollici delle due mani, mentr'egli già dormiva e vedeva. — Vi sentite le ali? Bene, facciamoci una bella volatina per sollievo. Vi conduco io.

La figliuola stava a guardare dal letto con tanto d'occhi sbarrati, sgomenta, angosciata, levata su un gomito: vedeva le palpebre chiuse del padre fervere come se nella rapidità vertiginosa del volo la vista di lui, abbarbagliata, fosse smarrita nell'immensità d'uno spettacolo luminoso.

— Acqua… tant'acqua… tant'acqua… — diceva difatti, ansando, don Nuccio; e pareva che la sua voce arrivasse da lontano lontano.

— Passiamo questo mare, — rispondeva cupamente don Bartolo con la fronte contratta, quasi in un supremo sforzo di volontà. — Scendiamo a Napoli, don Nuccio: vedrete che bella città! Poi ripigliamo il volo e andiamo a Roma a molestare il papa, ronzandogli attorno in forma di calabrone.

— Ah, Vergine Maria, Madre Santissima, — andava poi a pregar don Nuccio davanti alla nicchia, — liberatemi Voi da questo demonio che mi tiene!

E lo teneva davvero: bastava che don Bartolo lo guardasse in un certo modo, perché d'un tratto avvertisse un curioso abbandono di tutte le membra, e gli occhi gli si chiudessero da sé. E prima ancora che don Bartolo ponesse il piede su la scala, egli, seduto accanto alla figlia, presentiva ogni volta, con un tremore di tutto il corpo, la venuta di lui.

— Eccolo, viene, — diceva.

E, poco dopo, difatti, ecco don Bartolo che salutava il padre e la figlia col cupo vocione:

— Benedicite.

— Viene, — disse anche quel giorno don Nuccio alla figlia, la quale, dopo quel forte assalto di tosse, s'era sentita subito meglio, davvero sollevata, e insolitamente s'era messa a parlare, non di guarigione, no — fino a tanto non si lusingava — ma, chi sa! d'una breve tregua del male, che le permettesse di lasciare un po' il letto.

Sentendola parlar cosí, don Nuccio s'era sentito morire. O Vergine Maria, che quello fosse l'ultimo giorno? Perché anche le altre figliuole, cosí: — «*Meglio, meglio*», — ed erano spirate poco dopo. Questa, dunque, la liberazione che la Vergine gli concedeva? Ah, ma non questa, non questa aveva invocata tante volte; ma la propria morte: ché la figlia, allora, nel vedersi sola, si sarebbe lasciata portare all'ospedale. Doveva restar solo lui, invece? assistere anche alla morte di quell'ultima innocente? Cosìvoleva Dio?

Don Nuccio strinse le pugna. Se la sua figliuola moriva, egli non aveva più bisogno di nulla; di nessuno; tanto meno poi di colui che, soccorrendo ai bisogni del corpo, gli dannava l'anima.

Si levò in piedi; si premette forte le mani sulla faccia.

— Papà, che hai? — gli domandò la figlia, sorpresa.

— Viene, viene, — rispose, quasi parlando tra sé; e apriva e chiudeva le mani, senza curarsi di nascondere l'agitazione.

— E se viene? — fece Agatina, sorridendo.

— Lo caccio via! — disse allora don Nuccio; e uscí risoluto dalla camera.

Questo voleva Dio, e perciò lo lasciava in vita e gli toglieva la figlia: voleva un atto di ribellione alla tirannia di quel demonio; voleva dargli tempo di far penitenza del suo gran peccato. E mosse incontro a don Bartolo per fermarlo sull'entrata.

Don Bartolo saliva pian piano gli ultimi scalini. Alzò il capo, vide don Nuccio sul pianerottolo a capo di scala e lo salutò al solito:

— Benedicite.

— Piano, fermatevi, — prese a dire concitatamente don Nuccio D'Alagna, quasi senza fiato, parandoglisi davanti, con le braccia protese. — Qua oggi deve entrare il Signore, per mia figlia.

— Ci siamo? — domandò afflitto e premuroso don Bartolo, interpretando l'agitazione del vecchio come cagionata dall'imminente sciagura. — Lasciatemela vedere.

— No, vi dico! — riprese convulso don Nuccio, trattenendolo per un braccio. — In nome di Dio vi dico: non entrate!

Don Bartolo lo guardò, stordito.

— Perché?

— Perché Dio mi comanda così! Andate via! L'anima mia forse è dannata; ma rispettate quella d'una innocente che sta per comparire davanti alla giustizia divina!

— Ah, mi scacci? — disse trasecolato don Bartolo Scimpri, appuntandosi l'indice d'una mano sul petto. — Scacci me? — incalzò, trasfigurandosi nello sdegno, drizzandosi sul busto. — Anche tu dunque, povero verme, come tutta questa mandra di bestie, mi credi un demonio? Rispondi!

Don Nuccio s'era addossato al muro presso la porta: non si reggeva più in piedi, e a ogni parola di don Bartolo pareva diventasse più piccolo.

— Brutto vigliacco ingrato! — seguitò questi allora. — Anche tu ti metti contro di me, codiando la gente che t'ha preso a calci come un cane rognoso? Mordi la mano che t'ha dato il pane? Io, t'ho dannato l'anima? Verme di terra! ti schiaccerei sotto il piede, se non mi facessi schifo e pietà insieme! Guardami negli occhi! guardami! Chi ti darà da sfamarti? chi ti darà da sotterrare la figlia? Scappa, scappa in chiesa, va' a chiederlo a quella tua Vergine parata come una sgualdrina!

Rimase un pezzo a fissarlo con occhi terribili; poi, come se, in tempo che lo fissava, avesse maturato in sé una feroce vendetta, scoppiò in una risata di scherno; ripeté tre volte, con crescente sprezzo:

— Bestia… bestia… bestia…

E se n'andò.

Don Nuccio cadde sui ginocchi, annichilito. Quanto tempo stette lí, sul pianerottolo, come un sacco vuoto? Chi lo portò in chiesa, davanti alla nicchia della Vergine? Si ritrovò là, come in sogno, prosternato, con la faccia sullo scalino della nicchia; poi, rizzandosi sui ginocchi, un flutto di parole che non gli parvero nemmeno sue gli sgorgò fervido, impetuoso dalle labbra:

— Tanto ho penato, tante ne ho viste, e ancora non ho finito… Vergine Santa, e sempre V'ho lodata! Morire io prima, no, Voi non avete voluto: sia fatta la Vostra santa volontà! Comandatemi, e sempre, fino all'ultimo, V'ubbidirò! Ecco, io stesso, con le mie mani sono venuto a offrirvi l'ultima figlia mia, l'ultimo sangue mio: prendetevela presto, Madre degli afflitti; non me la fate penare più! Lo so, né soli né abbandonati: abbiamo l'ajuto Vostro prezioso, e a codeste mani pietose e benedette ci raccomandiamo. O sante mani, o dolci mani, mani che sanano ogni piaga: beato il capo su cui si posano in cielo! Codeste mani, se io ne sono degno, ora mi soccorreranno, m'ajuteranno a provvedere alla figlia mia. O Vergine santa, i ceri e la bara. Come farò? Farete Voi: provvederete Voi: è vero? è vero?

E a un tratto, nel delirio della preghiera, vide il miracolo. Un riso muto, quasi da pazzo, gli s'allargò smisuratamente nella faccia trasfigurata.

— Sí? — disse, e ammutolí subito dopo, piegandosi indietro, atterrito, a sedere sui talloni, con le braccia conserte al petto.

Sul volto della Vergine, in un baleno, il sorriso degli occhi e delle labbra s'era fatto vivo; le ferveva negli occhi, vivo, il riso delle labbra; e da quelle labbra egli vide muoversi senza suono di voce una parola:

— Tieni.

E la Vergine moveva la mano, da cui pendeva un rosario d'oro e di perle.

— *Tieni*, — ripetevano le labbra, più visibilmente, poiché egli se ne stava lí come impietrito. Vive, Dio, vive, vive quelle labbra; e con cosìvivo, vivo e pressante invito il gesto della mano e anche del capo, anche del capo ora, accompagnava l'offerta, che egli si sentí forzato a protendersi, ad allungare una mano tremante verso la mano della Vergine; e già stava per riceverne il rosario, quando dall'ombra dell'altra navata della chiesa un grido rimbombò come un tuono:

— Ah, ladro!

E don Nuccio cadde, come fulminato.

Subito un uomo accorse, vociando, lo afferrò per le braccia, lo tirò su in piedi, scrollandolo, malmenandolo.

— Ladro! vecchio e ladro! Dentro la casa del Signore? Spogliare la santa Vergine? Ladro! ladro!

E lo trascinava, cosìapostrofandolo e sputandogli in faccia, verso la porta della chiesa. Accorse gente dalla piazza, e ora tra un coro d'imprecazioni rafforzate da calci, da sputi e da spintoni, don Nuccio D'Alagna, insensato:

— Dono, — balbettava gemendo, — dono della Vergine Maria…

Ma intravedendo su la piazza assolata l'ombra del cippo che sorgeva davanti la chiesa, come se quell'ombra si rizzasse d'improvviso dalla piazza, assumendo l'immagine di don Bartolo Scimpri, colossale, che scoteva il capo di nuovo in quella sua risata diabolica, diede un grido e s'abbandonò, inerte, tra le braccia della gente che lo trascinava.

La verità

Saru Argentu, inteso Tararà, appena introdotto nella gabbia della squallida Corte d'Assise, per prima cosa cavò di tasca un ampio fazzoletto rosso di cotone a fiorami gialli, e lo stese accuratamente su uno dei gradini della panca, per non sporcarsi, sedendo, l'abito delle feste, di greve panno turchino. Nuovo l'abito, e nuovo il fazzoletto.

Seduto, volse la faccia e sorrise a tutti i contadini che gremivano, dalla ringhiera in giú, la parte dell'aula riservata al pubblico. L'irto grugno raschioso, raso di fresco, gli dava l'aspetto d'uno scimmione. Gli pendevano dagli orecchi due catenaccetti d'oro.

Dalla folla di tutti quei contadini si levava denso, ammorbante, un sito di stalla e di sudore, un lezzo caprino, un tanfo di bestie inzafardate, che accorava.

Qualche donna, vestita di nero, con la mantellina di panno tirata fin sopra gli orecchi, si mise a piangere perdutamente alla vista dell'imputato, il quale invece, guardando dalla gabbia, seguitava a sorridere e ora alzava una scabra manaccia terrosa, ora piegava il collo di qua e di là, non propriamente a salutare, ma a fare a questo e a quello degli amici e compagni di lavoro un cenno di riconoscimento, con una certa compiacenza.

Perché per lui era quasi una festa, quella, dopo tanti e tanti mesi di carcere preventivo. E s'era parato come di domenica, per far buona comparsa. Povero era, tanto che non aveva potuto neanche pagarsi un avvocato, e ne aveva uno d'ufficio; ma per quello che dipendeva da lui, ecco, pulito almeno, sbarbato, pettinato e con l'abito delle feste.

Dopo le prime formalità, costituita la giuria, il presidente invitò l'imputato ad alzarsi.

— Come vi chiamate?

— Tararà.

— Questo è un nomignolo. Il vostro nome?

— Ah, sissignore. Argentu, Saru Argentu, Eccellenza. Ma tutti mi conoscono per Tararà.

— Va bene. Quant'anni avete?

— Eccellenza, non lo so.

— Come non lo sapete?

Tararà si strinse nelle spalle e significò chiaramente con l'atteggiamento del volto, che gli sembrava quasi una vanità, ma proprio superflua, il computo degli anni. Rispose:

— Abito in campagna, Eccellenza. Chi ci pensa?

Risero tutti, e il presidente chinò il capo a cercare nelle carte che gli stavano aperte davanti:

— Siete nato nel 1873. Avete dunque trentanove anni.

Tararà aprí le braccia e si rimise:

— Come comanda Vostra Eccellenza.

Per non provocare nuove risate, il presidente fece le altre interrogazioni, rispondendo da sé a ognuna:

— È vero? — è vero? — Infine disse:

— Sedete. Ora sentirete dal signor cancelliere di che cosa siete accusato.

Il cancelliere si mise a leggere l'atto d'accusa; ma a un certo punto dovette interrompere la lettura, perché il capo dei giurati stava per venir meno a causa del gran lezzo ferino che aveva empito tutta l'aula. Bisognò dar ordine agli uscieri che fossero spalancate porte e finestre.

Apparve allora lampante e incontestabile la superiorità dell'imputato di fronte a coloro che dovevano giudicarlo.

Seduto su quel suo fazzolettone rosso fiammante, Tararà non avvertiva affatto quel lezzo, abituale al suo naso, e poteva sorridere; Tararà non sentiva caldo, pur vestito com'era di quel greve abito di panno turchino; Tararà infine non aveva alcun fastidio dalle mosche, che facevano scattare in gesti irosi i signori giurati, il procuratore del re, il presidente, il cancelliere, gli avvocati, gli uscieri, e finanche i carabinieri. Le mosche gli si posavano su le mani, gli svolavano ronzanti sonnacchiose attorno alla faccia, gli s'attaccavano voraci su la fronte, agli angoli della bocca e perfino a quelli degli occhi: non le sentiva, non le cacciava, e poteva seguitare a sorridere.

Il giovane avvocato difensore, incaricato d'ufficio, gli aveva detto che poteva essere sicuro dell'assoluzione, perché aveva ucciso la moglie, di cui era provato l'adulterio.

Nella beata incoscienza delle bestie, non aveva neppur l'ombra del rimorso. Perché dovesse rispondere di ciò che aveva fatto, di una cosa, cioè, che non riguardava altri che lui, non capiva. Accettava l'azione della giustizia, come una fatalità inovviabile.

Nella vita c'era la giustizia, come per la campagna le cattive annate.

E la giustizia, con tutto quell'apparato solenne di scanni maestosi, di tocchi, di toghe e di pennacchi, era per Tararà come quel nuovo grande molino a vapore, che s'era inaugurato con gran festa l'anno avanti. Visitandone con tanti altri curiosi il macchinario, tutto quell'ingranaggio di ruote, quel congegno indiavolato di stantuffi e di puleggc, Tararà, l'anno avanti, s'era sentita sorgere dentro e a mano a mano ingrandire, con lo stupore, la diffidenza. Ciascuno avrebbe portato il suo grano a quel molino; ma chi avrebbe poi assicurato agli avventori che la farina sarebbe stata quella stessa del grano versato? Bisognava che ciascuno chiudesse gli occhi e accettasse con rassegnazione la farina che gli davano.

Cosìora, con la stessa diffidenza, ma pur con la stessa rassegnazione, Tararà recava il suo caso nell'ingranaggio della giustizia.

Per conto suo, sapeva che aveva spaccato la testa alla moglie con un colpo d'accetta, perché, ritornato a casa fradicio e inzaccherato, una sera di sabato, dalla campagna sotto il borgo di Montaperto nella quale lavorava tutta la settimana da garzone, aveva trovato uno scandalo grosso nel vicolo dell'Arco di Spoto, ove abitava, su le alture di San Gerlando.

Poche ore avanti, sua moglie era stata sorpresa in flagrante adulterio insieme col cavaliere don Agatino Fioríca.

La signora donna Graziella Fioríca, moglie del cavaliere, con le dita piene d'anelli, le gote tinte di uva turca, e tutta infiocchettata come una di quelle mule che recano a suon di tamburo un carico di frumento alla chiesa, aveva guidato lei stessa in persona il delegato di pubblica sicurezza Spanò e due guardie di questura, là nel vicolo dell'Arco di Spoto, per la constatazione dell'adulterio.

Il vicinato non aveva potuto nascondere a Tararà la sua disgrazia, perché la moglie era stata trattenuta in arresto, col cavaliere, tutta la notte. La mattina seguente Tararà, appena se la era vista ricomparire zitta zitta davanti all'uscio di strada, prima che le vicine avessero tempo d'accorrere, le era saltato addosso con l'accetta in pugno e le aveva spaccato la testa.

Chi sa che cosa stava a leggere adesso il signor cancelliere…

Terminata la lettura, il presidente fece alzare di nuovo l'imputato per l'interrogatorio.

— Imputato Argentu, avete sentito di che siete accusato?

Tararà fece un atto appena appena con la mano e, col suo solito sorriso, rispose:

— Eccellenza, per dire la verità, non ci ho fatto caso.

Il presidente allora lo redarguí con molta severità:

— Siete accusato d'aver assassinato con un colpo d'accetta, la mattina del 10 dicembre 1911, Rosaria Femminella, vostra moglie. Che avete a dire in vostra discolpa? Rivolgetevi ai signori giurati e parlate chiaramente e col dovuto rispetto alla giustizia.

Tararà si recò una mano al petto, per significare che non aveva la minima intenzione di mancare di rispetto alla giustizia. Ma tutti, ormai, nell'aula, avevano disposto l'animo all'ilarità e lo guardavano col sorriso preparato in attesa d'una sua risposta. Tararà lo avvertí e rimase un pezzo sospeso e smarrito.

— Sú, dite, insomma, — lo esortò il presidente. — Dite ai signori giurati quel che avete da dire.

Tararà si strinse nelle spalle e disse:

— Ecco, Eccellenza. Loro signori sono alletterati, e quello che sta scritto in codeste carte, lo avranno capito. Io abito in campagna, Eccellenza. Ma se in codeste carte sta scritto, che ho ammazzato mia moglie, è la verità. E non se ne parla più.

Questa volta scoppiò a ridere, senza volerlo, anche il presidente.

— Non se ne parla più? Aspettate e sentirete, caro, se se ne parlerà…

— Intendo dire, Eccellenza, — spiegò Tararà, riponendosi la mano sul petto, — intendo dire, che l'ho fatto, ecco; e basta. L'ho fatto… sí, Eccellenza, mi rivolgo ai signori giurati, l'ho fatto propriamente, signori giurati, perché non ne ho potuto far di meno, ecco; e basta.

— Serietà! serietà, signori! serietà! — si mise a gridare il presidente, scrollando furiosamente il campanello. — Dove siamo? Qua siamo in una Corte di giustizia! E si tratta di giudicare un uomo che ha ucciso! Se qualcuno si attenta un'altra volta a ridere, farò sgombrare l'aula! E mi duole di dover richiamare anche i signori giurati a considerare la gravità del loro compito!

Poi, rivolgendosi con fiero cipiglio all'imputato:

— Che intendete dire, voi, che non ne avete potuto far di meno?

Tararà, sbigottito in mezzo al violento silenzio sopravvenuto, rispose:

— Intendo dire, Eccellenza, che la colpa non è stata mia.

— Ma come non è stata vostra?

Il giovane avvocato, incaricato d'ufficio, credette a questo punto suo dovere ribellarsi contro il tono aggressivo assunto dal presidente verso il giudicabile.

— Perdoni, signor presidente, ma cosìfiniremo d'imbalordire questo pover'uomo! Mi pare ch'egli abbia ragione di dire che la colpa non è stata sua, ma della moglie che lo tradiva col cavalier Fioríca. È chiaro!

— Signor avvocato, prego, — ripigliò, risentito, il presidente. — Lasciamo parlare l'accusato. A voi, Tararà: intendete dir questo?

Tararà negò prima con un gesto del capo, poi con la voce:

— Nossignore, Eccellenza. La colpa non è stata neanche di quella povera disgraziata. La colpa è stata della signora… della moglie del signor cavaliere Fioríca, che non ha voluto lasciare le cose quiete. Che c'entrava, signor presidente, andare a fare uno scandalo cosìgrande davanti alla porta di casa mia, che finanche il selciato della strada, signor presidente, è diventato rosso dalla vergogna a vedere un degno galantuomo, il cavalicrc Fioríca, che sappiamo tutti che signore è, scovato lí, in maniche di camicia e coi calzoni in mano, signor presidente, nella tana d'una sporca contadina? Dio solo sa, signor presidente, quello che siamo costretti a fare per procurarci un tozzo di pane!

Tararà disse queste cose con le lagrime agli occhi e nella voce, scotendo le mani innanzi al petto, con le dita intrecciate, mentre le risate scoppiavano irrefrenabili in tutta l'aula e molti anche si torcevano in convulsione. Ma, pur tra le risa, il presidente colse subito a volo la nuova posizione in cui l'imputato veniva a mettersi di fronte alla legge, dopo quanto aveva detto. Se n'accorse anche il giovane avvocato difensore, e di scatto, vedendo crollare tutto l'edificio della sua difesa, si voltò verso la gabbia a far cenno a Tararà di fermarsi.

Troppo tardi. Il presidente, tornando a scampanellare furiosamente, domandò all'imputato:

— Dunque voi confessate che vi era già nota la tresca di vostra moglie col cavaliere Fioríca?

— Signor presidente, — insorse l'avvocato difensore, balzando in piedi, — scusi... ma io cosí... io cosí...

— Che cosìe cosí! — lo interruppe, gridando, il presidente. — Bisogna che io metta in chiaro questo, per ora!

— Mi oppongo alla domanda, signor presidente!

— Lei non può mica opporsi, signor avvocato. L'interrogatorio lo faccio io!

— E io allora depongo la toga!

— Ma faccia il piacere, avvocato! Dice sul serio? Se l'imputato stesso confessa...

— Nossignore, nossignore! Non ha confessato ancora nulla, signor presidente! Ha detto soltanto che la colpa, secondo lui, è della signora Fioríca, che è andata a far uno scandalo innanzi alla sua abitazione.

— Va bene! E può lei impedirmi, adesso, di domandare all'imputato se gli era nota la tresca della moglie col Fioríca?

Da tutta l'aula si levarono, a questo punto, verso Tararà pressanti, violenti cenni di diniego. Il presidente montò su tutte le furie e minacciò di nuovo lo sgombro dell'aula.

— Rispondete, imputato Argentu: vi era nota, sí o no, la tresca di vostra moglie?

Tararà, smarrito, combattuto, guardò l'avvocato, guardò l'uditorio, e alla fine:

— Debbo… debbo dire di no? — balbettò.

— Ah, broccolo! — gridò un vecchio contadino dal fondo dell'aula.

Il giovane avvocato diede un pugno sul banco e si voltò, sbuffando, a sedere da un'altra parte.

— Dite la verità, nel vostro stesso interesse! — esortò il presidente l'imputato.

— Eccellenza, dico la verità, — riprese Tararà, questa volta con tutt'e due le mani sul petto. — E la verità è questa: che era come se io non lo sapessi! Perché la cosa… sí, Eccellenza, mi rivolgo ai signori giurati; perché la cosa, signori giurati, era tacita, e nessuno dunque poteva venirmi a sostenere in faccia che io la sapevo. Io parlo cosí, perché abito in campagna, signori giurati. Che può sapere un pover'uomo che butta sangue in campagna dalla mattina del lunedí alla sera del sabato? Sono disgrazie che possono capitare a tutti! Certo, se in campagna qualcuno fosse venuto a dirmi: «Tararà, bada che tua moglie se l'intende col cavalier Fioríca», io non ne avrei potuto fare di meno, e sarei corso a casa con l'accetta a spaccarle la testa. Ma nessuno era mai venuto a dirmelo, signor presidente; e io, a ogni buon fine, se mi capitava qualche volta di dover ritornare al paese in mezzo della settimana, mandavo avanti qualcuno per avvertirne mia moglie. Questo, per far vedere a Vostra Eccellenza, che la mia intenzione era di non fare danno. L'uomo è uomo, Eccellenza, e le donne sono donne. Certo l'uomo deve considerare la donna, che l'ha nel sangue d'essere traditora, anche senza il caso che resti sola, voglio dire col marito assente tutta la settimana; ma la donna, da parte sua, deve considerare l'uomo, e capire che l'uomo non può farsi beccare la faccia dalla gente, Eccellenza! Certe ingiurie... sí, Eccellenza, mi rivolgo ai signori giurati; certe ingiurie, signori giurati, altro che beccare, tagliano la faccia all'uomo! E l'uomo non le può sopportare! Ora io, padroni miei, sono sicuro che quella disgraziata avrebbe avuto sempre per me questa considerazione; e tant'è vero, che io non le avevo mai torto un capello. Tutto il vicinato può venire a testimoniare! Che ci ho da fare io, signori giurati, se poi quella benedetta signora, all'improvviso... Ecco, signor presidente, Vostra Eccellenza dovrebbe farla venire qua, questa signora, di fronte a me, ché saprei parlarci io! Non c'è peggio... mi rivolgo a voi, signori giurati, non c'è peggio delle donne cimentose! «Se suo marito», direi a questa signora, avendola davanti, «se suo marito si fosse messo con una zitella, vossignoria si poteva prendere il gusto di fare questo scandalo, che non avrebbe portato nessuna conseguenza, perché non ci sarebbe stato un marito di mezzo. Ma con quale diritto vossignoria è venuta a inquietare me, che mi sono stato sempre quieto; che non c'entravo né punto, né poco; che non avevo voluto mai né vedere, né sentire nulla; quieto, signori giurati, ad affannarmi il pane in campagna, con la zappa in mano dalla mattina alla sera? Vossignoria scherza?» le direi, se l'avessi qua davanti questa signora. «Che cosa è stato lo scandalo per vossignoria? Niente! Uno scherzo! Dopo due giorni ha rifatto pace col marito. Ma non ha pensato vossignoria, che c'era un altro uomo di mezzo? e che quest'uomo non poteva lasciarsi beccare la faccia dal prossimo, e che doveva far l'uomo? Se vossignoria fosse venuta da me, prima, ad avvertirmi, io le avrei detto: "Lasci andare, signorina! Uomini siamo! E l'uomo, si sa, è cacciatore! Può aversi a male vossignoria d'una sporca contadina? Il cavaliere, con lei, mangia sempre pane fino, francese; lo compatisca se, di tanto in tanto, gli fa gola un tozzo di pane di casa, nero e duro!"». Cosìle avrei detto, signor presidente, e forse non sarebbe accaduto nulla, di quello che purtroppo, non per colpa mia, ma per colpa di questa benedetta signora, è accaduto.

Il presidente troncò con una nuova e più lunga scampanellata i commenti, le risa, le svariate esclamazioni, che seguirono per tutta l'aula la confessione fervorosa di Tararà.

— Questa dunque è la vostra tesi? — domandò poi all'imputato.

Tararà, stanco, anelante, negò col capo.

— Nossignore. Che tesi? Questa è la verità, signor presidente.

E in grazia della verità, cosìcandidamente confessata, Tararà fu condannato a tredici anni di reclusione.

Volare

Cortesemente la morte, due anni fa, le aveva fatto una visitina di passata:

— No, comoda! comoda!

Solo per avvertirla che sarebbe ritornata tra poco. Per ora, lí, da brava, a sedere su quella poltrona; in attesa.

Ma come, Dio mio? Cosí, senza piú forza neanche di sollevare un braccio?

Brodi consumati, polli, che altro? Latte d'uccello; lingue di pappagallo...

Cari, i signori medici!

Prima che questo male la assolasse cosí, poteva almeno ajutare un poco le due povere figliuole, recandosi a cucire a giornata ora da questa ora da quella signora, che le davano da mangiare e qualche soldo; piú per carità che per altro, lo capiva lei stessa. Non ci vedeva quasi piú; le dita avevano perduto l'agilità, le gambe la forza di mandare avanti il pedale della macchina. Eh, ci galoppava, prima, su un pedale di macchina! Ora, invece...

Niente quasi, quel che portava a casa; ma pure poteva dire allora di non stare del tutto a carico delle figliuole. Le quali lavoravano, poverine, dalla mattina alla sera, la maggiore a bottega, la minore a casa: astucci, scatole, sacchettini per nozze e per nascita: lavoro fino, delicato; ma che non fruttava quasi piú nulla ormai. Figurarsi che la maggiore, Adelaide, nella bottega dov'era anche addetta alla vendita e alla cassa, tirava in tutto tre lire al giorno. Guadagnava un po' più la minore, col lavoro a cottimo; ma non trovava da lavorare ogni giorno, Nenè.

Tutt'e tre, insomma, riuscivano a mettere insieme appena appena tanto da pagar la pigione di casa e da levarsi la fame; non sempre.

Ma ora, al principio di quell'inverno, anche Adelaide s'era ammalata, e come! Veramente avvertiva da un pezzo quello spasimo fisso alle reni; ma finché s'era potuta reggere, non ne aveva detto nulla. Poi le si erano gonfiate le gambe e aveva dovuto farsi vedere da un medico.

— Dottore, che è?

Niente. Cosa da nulla. Nefrite. State a letto tre o quattro mesi, ben riguardata dal fresco, con una bella fascia di lana attorno alla vita; letto, lana e latte; latte, lana e letto. Tre *elle*. La nefrite si cura cosí.

Quel guadagno fisso, su cui facevano il maggiore assegnamento, era venuto per tanto a mancare. E allegramente! La padrona della bottega aveva promesso di serbare il posto ad Adelaide, e che intanto, per tutto il tempo della malattia, non avrebbe fatto venir meno il lavoro a Nenè. Ma con un pajo solo di mani che poteva fare adesso questa povera figliuola, cresciute le spese per la cura di due malate?

Tutto quello che avevano potuto mettere in pegno, lo avevano già messo. Fosse morta lei, almeno, vecchia e ormai inutile! Adelaide, dal letto, pur con quel tarlo alle reni, ajutava la sorella, incollava i cartoncini, li rifilava. Ma lei? Niente. Neanche la colla in cucina poteva preparare. Doveva rimanere lí, per castigo, lei, su quella poltrona, ad affliggere le due figliuole con la sua vista e i suoi lamenti. Perché si lamentava, anche, per giunta! Sicuro. Certi lamenti modulati, nel sonno. La debolezza – bestialmente – la faceva lamentare cosí, appena socchiudeva gli occhi. Per cui si sforzava di tenerli quanto più poteva aperti.

Ma che bello spettacolo, allora! Pareva una tomba, quella camera. Senz'aria, senza luce, là, a mezzanino, in una delle vie più vecchie e più anguste, presso Piazza Navona. (E dalla piazza, piena di sole nelle belle giornate, arrivavano in quella tomba gli allegri rumori della vita!)

Avrebbe tanto desiderato, la signora Maddalena, d'andare ad abitar lontano lontano, magari fuor di porta, non potendo dove sapeva lei. Si sarebbe contentata anche sú ai quartieri alti, magari in una stanza più piccola, ma non cosìoppressa dalle case dirimpetto. Lí però eran più basse le pigioni, e vicina la bottega ove Adelaide doveva recarsi ogni mattina; quando vi si recava.

Tre lettini, in quella camera, un cassettone, un tavolino, un divanuccio e quattro sedie. Puzzo di colla, tanfo di rinchiuso. La povera Nenè non aveva più tempo, e neanche voglia, per dir la verità, di fare un po' di pulizia. Sul cassettone, ci si poteva scrivere col dito, tanta era la polvere. Stracci e ritagli per terra. E lo specchio, su quel cassettone, fin dall'estate scorsa, tutto ricamato dalle mosche. Ma se non si curava più neanche della sua persona, quella povera figliuola...

Eccola là, tutta sbracata, senza busto, in sottanina e col corpetto sbottonato, e i capelli spettinati che le cascavano da tutte le parti. Ma che seno e che respiro di gioventú!

S'era forse ingrassata un po'; ma era pur tanto bellina ancora! Un po' meno, forse, della sorella maggiore, che aveva un volto da Madonna, prima che il male glielo gonfiasse a quel modo. Ma ormai Adelaide aveva trentasei anni. Dieci di meno, Nenè, perché tra l'una e l'altra c'erano stati tre maschi che il buon Dio aveva voluti per sé. I maschi, che avrebbero potuto sostener la casa e formarsi facilmente uno stato, morti; e quelle due povere figliuole, invece, che le avevano dato e le davano tuttora tanto pensiero, quelle sí, le erano rimaste. E non trovare in tanti anni da accasarsi, belline com'erano, sagge, modeste, laboriose. Eppure, oh, se ne facevano, di matrimonii! Quanti sacchetti, quante scatoline ogni giorno! Ma li facevano per le altre, i sacchetti e le scatoline, le sue figliuole.

Uno solo s'era fatto avanti, l'inverno scorso: un bel tipo! Vecchio impiegato in ritiro, tutto ritinto, doveva aver messo da parte – chi sa come – una buona sommetta, perché prestava a usura. Nenè aveva detto di sí, solo per farle chiudere gli occhi meno disperatamente. Ma poi s'era presto capito che tanta voglia di sposare colui non la aveva, e che invece... Ma sí, tutt'a un tratto, s'era sparsa la voce che lo avevano messo dentro per offese al buon costume.

Cosìvecchio, e cosí... Ma già, il mondo, tutto rivoltato! E non aveva avuto il coraggio di ripresentarsi, dopo tre mesi, appena uscito dal carcere? Prima nero come un corvo, e ora biondo come un canarino... Per poco Nenè non gli aveva fatto ruzzolar le scale. Eppure ancora, laido vecchiaccio sfrontato, la seguiva e la infastidiva per via, quand'ella si recava a lasciare a bottega i sacchettini e le scatolette o a prender le commissioni.

Più che per Adelaide la signora Maddalena sentiva pietà per questa più piccola. Perché Adelaide, almeno, da ragazzina, aveva goduto, mentre Nenè era nata e cresciuta sempre in mezzo alla miseria.

Di tratto in tratto la signora Maddalena alzava gli occhi a un ritratto fotografico ingiallito e quasi svanito, appeso in cornice alla parete di faccia; e, contemplando quella figura d'uomo zazzeruto, tentennava amaramente il capo.

Lo aveva sposato per forza. Ai suoi tempi, quel tomo lí, era stato un famoso baritono buffo.

Da giovane lei aveva studiato canto, perché aveva una bellissima voce di soprano sfogato. Faceva all'amore, allora, con un giovanotto che forse l'avrebbe resa felice. Ma la madre, donna terribile, un giorno – rimedio spiccio – l'aveva schiaffeggiata pulitamente al balcone, *coram populo*, mentre stava in dolce corrispondenza con l'innamorato seduto sul balcone dirimpetto.

Aveva esordito a Palermo, prima del 1860, al *Carolino*, e aveva fatto furore. Eh, altro... Ma quell'uomo là con la zazzera, che cantava con lei, innamorato cotto, l'aveva chiesta subito in moglie. E subito, appena sposati, le aveva proibito di seguitare a cantare. Per gelosia, pezzo d'imbecille! Sí, guadagnava tesori, lui, è vero, e la teneva come una regina, ma sempre incinta, e senza casa, di città in città, con un esercito di casse e di fagotti appresso. E i denari, com'erano entrati, eran volati via. Poi lui s'era ammalato, aveva perduto la voce di baritono buffo, e buonanotte ai sonatori! Lui, morto in un ospedale; e lei rimasta in mezzo alla strada con cinque figliuoli, tutti piccini cosí.

Non solo il corpo, ma pure l'anima si sarebbe venduta per dar da mangiare a quei piccini. Aveva fatto di tutto; anche da serva, tre mesi; poi, i tre maschietti le erano morti fra gli stenti; e quelle due femminucce se le era tirate sú, non sapeva più come neanche lei. Eccole là.

— Piove.

Da quindici giorni pioveva, signori miei, senza smettere un momento. E per l'umidaccio che la acchiappava subito alle reni, Adelaide, ecco, non si poteva tenere neppure a sedere sul letto.

Oh! sonavano alla porta. E chi poteva essere con quella bella giornata?

La signora Elvira, che piacere!, la padrona della bottega d'Adelaide. S'era incomodata a venir lei stessa a pagare fino in casa la settimana? Quanta bontà… No?

— No, care mie, — prese a dire la signora Elvira, deponendo nelle mani di Nenè l'ombrello sgocciolante e poi un fazzoletto e poi la borsetta, per tirarsi sú e commiserare le sue sottane zuppe da strizzare.

In gioventú, una trentina d'anni fa, si doveva esser molto compiaciuta di se stessa, quella signora Elvira, se con tanta ostinazione aveva voluto conservarsi tal quale, coi capelli biondi d'allora e il roseo delle guance e il rosso delle labbra e quella ridicola formosità del busto e dei fianchi. Sapendo di non poter più ingannare nessuno e neanche se stessa, si ritruccava quella sua povera maschera sciupata con violento dispetto per rappresentare almeno per qualche momento, di sfuggita, davanti allo specchio quella lontana immagine di gioventú passata invano, ahimè. Se non che, certe volte, se ne dimenticava; e allora il contrasto fra quella truccatura di rosea zitellina e la sguajataggine della vecchia inacidita, strideva buffissimo e sconcio.

— No no, care mie, — seguitò. — Bontà, scusate, bontà fino a un certo punto! Se non mi sfogo, schiatto. Dov'è la tasca? Eccola qua! Leggi, leggi tu, anima mia; leggi qua!

— Che cos'è? — domandò la signora Maddalena dalla poltrona, costernata.

La signora Elvira porse a Nenè una lettera e rispose con le mani per aria:

— Che cos'è? Centoquattordici lire di ritenuta! Bisogna che mi vuoti il cuore dalla bile, o schiatto! Sono parti da fare a una come me? Ma dico… Lo sa Dio quel che sto patendo per voi a bottega, per serbare il posto a Lalla, e tu intanto, anima mia, qua… centoquattordici lire di ritenuta? Impazzisco.

— Ma che c'entro io? — fece Nenè.

— Che c'entri tu? — rimbeccò pronta quella. — E il lavoro chi l'ha fatto?

— Non io sola.

— Tu per la maggior parte; tu che vuoi prendertene sempre più di quello che puoi fare! Ed ecco che ne viene. Hai visto? Piombi la sera tardi a bottega, approfitti che non ho tempo di vedere e che mi fido di te… Ah, cara mia, no! Io non le pago. Centoquattordici lire? Fossi matta! Ci ho colpa anch'io, che non ho sorvegliato. Pagheremo, metà io, metà tu.

— E con che pago io? — fece Nenè, quasi ridendo.

— Me lo sconti col lavoro, — rispose la signora Elvira. — Oh bella, toh! Cominciando da questa settimana.

— Signora Elvira…

— Non sento ragioni!

— Ma guardi come siamo tutt'e tre! Se ci toglie… Domani viene il padron di casa per la pigione…

— E tu non gliela dare!

— Come non gliela do? Siamo in arretrato di due mesi. Ci butta in mezzo alla strada. Creda, signora Elvira, che le vogliono fare una soperchieria, perché il lavoro…

— Zitta, zitta, bella mia, non mi parlare del lavoro! — la interruppe quella. — Ridammi il paracqua e ringrazia Dio, anima mia, se non ti volto le spalle, come dovrei. Se non tutto in una volta, sconterai a poco a poco, in considerazione, bada bene! di tua sorella che mi lasciò sempre contenta e di tua madre. C'è malattie; compatisco. Ti do la metà, e basta. Statevi bene.

Posò il denaro sul cassettone, e scappò via.

Le tre donne rimasero un pezzo a guardarsi negli occhi senza fiatare. La signora Maddalena e Adelaide s'erano accorte, e lei stessa, Nenè, sapeva bene, che veramente la manifattura di quelle scatoline per un dolciere d'Aquila lasciava molto a desiderare. Premeva a Nenè di raggranellare il mensile per il padrone di casa, e aveva lavorato anche di notte, con le mani stanche e gli occhi imbambolati dal sonno. Ora, con la giunta di quelle poche lire, il mensile per il padrone di casa lo metteva insieme; ma non restava nulla per la settimana ventura. Cioè, restavano i debiti coi fornitori, i quali certo, non ricevendo neppure il piccolo acconto promesso, non le avrebbero fatto più credito per un'altra settimana.

Stimando vano ogni sfogo di parole, si stettero zitte tutt'e tre. Nello sguardo della madre però e in quello d'Adelaide parve a Nenè di scorgere come un rimprovero per quel lavoro eseguito male; quel rimprovero che forse avrebbero voluto rivolgerle a tempo e che non le avevano rivolto per delicatezza, giacché vivevano ormai alle spalle di lei. Parve anche a Nenè che quel poco denaro lasciato lí sul cassettone dalla padrona della bottega fosse dato come in elemosina a lei che aveva lavorato, non perché lo meritasse, ma solamente per riguardo alla sorella che se ne stava a letto e alla madre che se ne stava in poltrona.

Cosìinfatti aveva detto colei. Non meritava dunque nessuna considerazione, lei come lei, pur essendo ridotta in quello stato, peggio d'una serva? E sissignori! Per disgrazia, a un certo punto, ad Adelaide scappò un sospiro in forma di domanda:

— E ora come si fa?

— Come si fa? — rispose agra Nenè. — Si fa cosí, che mi corico anch'io e staremo a guardar dal letto tutte e tre come piove.

Tin tin tin – di nuovo alla porta. Un'altra visita? La provvidenza, questa volta.

Un'amica di Nenè. Una spilungona miope, tutta collo, dai capelli rossi crespi; e gli occhi ovati e una bocca da pescecane. Ma tanto buona, poverina! Da più d'un anno non si faceva vedere. Ora veniva tutta festante, vestita bene, ad annunziare all'amica il suo prossimo matrimonio. Sposava, sposava anche lei, e pareva non ci sapesse credere lei stessa. Stringeva forte forte le braccia a Nenè nel darle l'annunzio, e rideva (con quella bocca!) e per miracolo non saltava dalla gioja, senza pensare che lí, in quella camera squallida, c'erano due povere malate e che la sua amica, tanto più giovane, tanto più bellina di lei... Oh, ma ella era venuta per un buon fine! Sapeva delle malattie, sapeva delle angustie, e aveva pensato subito alla sua Nenè. Ecco: per commissionarle i sacchettini dei confetti. Li voleva fatti da lei. Cento. E belli, belli, belli li voleva, e senza risparmio. Pagava lui, lo sposo.

— Un ottimo posto, sai! Segretario al Ministero della Guerra. E un anno meno di me. Un bel giovine, sí. Eccolo qua!

Aveva il ritratto con sé: lo aveva portato apposta per farlo vedere a Nenè. Bello, eh? E tanto buono, e tanto innamorato: uh, pazzo addirittura! Fra una settimana le nozze. Bisognava dunque che fossero fatti presto, quei sacchettini.

Parlò sempre lei in quella mezz'oretta che si trattenne in casa dell'amica. Più non poteva, perché era già tardi: alle cinque e mezzo lui usciva dal Ministero, volava da lei, e guai se non la trovava a casa.

— Geloso?

— No, Dio liberi! Geloso no, ma non vuol perdere neanche un minutino, capisci? Oh, senti, Nenè mia: senza cerimonie tra noi! Tu avrai certo bisogno di qualche anticipazioncina per le spese…

— No, cara, — le disse subito Nenè. — Non ho proprio bisogno di nulla. Va' pure tranquilla.

— Proprio di nulla? E allora, cento, eh?

— Cento, ti servo io. E rallegramenti!

La sposina corse a baciare la signora Maddalena, poi Adelaide; baciò e ribaciò Nenè, bacioni di cuore, e via.

Le tre donne, questa volta, non tornarono a guardarsi negli occhi. La madre li richiuse, mentre le labbra le fremevano di pianto. Adelaide li volse senza sguardo al soffitto. Poco dopo, Nenè scoppiò in una fragorosa risata.

— Bello davvero, oh, quello sposino!

— Fortune! — sospirò, dalla poltrona, la madre.

Adelaide, dal letto:

— Imbecille!

L'ombra s'era addensata nella camera. E spiccava solo, in quell'ombra, un fazzoletto bianco sulle ginocchia della madre, e il bianco della rimboccatura del lenzuolo sul letto d'Adelaide. Ai vetri della finestra, lo squallore dell'ultimo crepuscolo.

— Intanto, — riprese la madre, che non si scorgeva quasi più, — l'anticipazione... Sei andata a dirle che non ne avevi bisogno...

— Già! Come farai? — soggiunse Adelaide.

Nenè guardò l'una e l'altra, poi alzò le spalle e rispose:

— Semplicissimo! Non glieli farò.

— Come? Se hai preso l'impegno! — disse la madre.

E Nenè:

— Mi prenderò il gusto di farla sposare senza sacchettini. Oh, a lei poi non glieli fo, non glieli fo e non glieli fo! Questo piacere me lo voglio prendere. Non glieli fo.

La madre e la sorella non insistettero, sicure che la mattina dopo, ripensandoci meglio, Nenè si sarebbe recata a provvedersi a credito della stoffa per quel lavoro di cui c'era tanto bisogno. Ma tutta la notte Nenè s'agitò in continue smanie sul letto. Il padrone di casa venne nelle prime ore della giornata e si portò via tutto il denaro.

— Piove, Nenè?

Pioveva anche quel giorno; e tutta la notte era piovuto.

Nenè rifece il suo lettino; ajutò la madre a vestirsi; l'adagiò pian piano sulla poltrona; rifece anche il letto di lei e aggiustò alla meglio quello di Adelaide, che volle provarsi a seder di nuovo, sorretta dai guanciali. Ma perché? Se non c'era proprio nulla da fare…

Stettero in silenzio per un lungo pezzo. Poi la madre disse:

— E pettinati almeno, Nenè! Non posso più vederti cosìarruffata!

— Mi pettino, e poi? — domandò Nenè, riscotendosi.

— E poi… poi t'acconci un po' — aggiunse la madre. — Non vuoi davvero andare per quei sacchettini?

— Dove vado? con che vado? — gridò Nenè, scattando in piedi, rabbiosamente.

— Potresti da lei…

— Da chi?

— Dalla tua amica, con una scusa…

— Grazie!

— Oh, per me, sai, — disse allora, stanca, la madre, — se mi lasci morire cosí, tanto meglio!

Nenè non rispose, lí per lí; ma sentí in quel breve silenzio crescere in sé l'esasperazione; alla fine proruppe:

— Ma se non basto! se non basto! Non vedete? M'arrabatto e, per far più presto, invece di guadagnare, la ritenuta a quella strega ritinta! e qua i sacchettini alla giraffa sposa, che li vuol belli... Non ne posso più! Che vita è questa?

Adelaide allora balzò dal letto, pallida, risoluta:

— Qua la veste! Dammi la veste! Torno a bottega!

Nenè accorse per costringerla a rimettersi a letto; la madre si protese, spaventata, dalla poltrona; ma Adelaide insisteva, cercando di svincolarsi dalla sorella.

— La veste! la veste!

— Sei matta? Vuoi morire?

— Morire. Lasciami!

— Adelaide! Ma dici sul serio?

— Lasciami, ti dico!

— Ebbene, va'! — disse allora Nenè, lasciandola. — Voglio vederti!

Adelaide, lasciata, si sentí mancare; si sorresse al letto; sedette sulla seggiola, lí, in camicia; si nascose il volto con le mani e ruppe in pianto.

— Ma non fare storie! — le disse allora Nenè. — Non prendere altro fresco, e non scherziamo!

La ajutò a ricoricarsi.

— Esco io, più tardi, — poi disse, facendosi davanti allo specchio sul cassettone, e ravviandosi dopo tanti giorni i capelli con un tale gesto, che la madre dalla poltrona rimase a mirarla per un lungo pezzo, atterrita.

Non disse altro Nenè.

Prima d'uscire, col cappello già in capo, stette a lungo, a lungo, presso la finestra a guardar fuori, attraverso i vetri bagnati dalla pioggia.

Sul davanzale di quella finestra, in un angolo, era rimasta dimenticata una gabbietta, dalle gretole irrugginite, infradiciata ora dalla pioggia che cadeva da tanti giorni.

In quella gabbietta era stata per circa due mesi una passerina caduta dal nido, nei primi giorni della scorsa primavera.

Nenè l'aveva allevata con tante cure; poi, quando aveva creduto ch'essa fosse in grado di volare, le aveva aperto lo sportellino della gabbia:

— Godi!

Ma la passeretta – chi sa perché! – non aveva voluto prendere il volo. Per due giorni lo sportellino era rimasto aperto. Accoccolata sulla bacchetta, sorda agli inviti dei passeri che la chiamavano dai tetti vicini, aveva preferito di morir lí, nella gabbia, mangiata da un esercito di formiche venute sú per il muro da una finestrella ferrata del pianterreno, dov'era forse una dispensa. Proprio cosí. Quella passeretta era stata uccisa dalle formiche in una notte mangiata dalle formiche, sciocca, per non aver voluto volare. Per non aver voluto cedere all'invito, forse, d'un vecchio passero spennacchiato, ch'era stato in gabbia anch'esso tre mesi, una volta, per offese al buon costume.

Ebbene, no. Dalle formiche, no, lei non si sarebbe lasciata mangiare.

— Nenè, — chiamò la madre, per scuoterla.

Ma Nenè uscì di fretta, senza salutar nessuno. Mandò i denari, ogni giorno. Non la rividero più.

Il coppo

Che bevuto! No. Appena tre bicchieri.

Forse il vino lo eccitava più del solito, per l'animo in cui era dalla mattina, e anche per ciò che aveva in mente di fare, quantunque non ne fosse ancora ben sicuro.

Già da parecchio tempo aveva un certo pensiero segreto, come in agguato e pronto a scattar fuori al momento opportuno.

Lo teneva riposto, quasi all'insaputa di tutti i suoi doveri che stavano come irsute sentinelle a guardia del reclusorio della sua coscienza. Da circa venti anni, egli vi stava carcerato, a scontare un delitto che, in fondo, non aveva recato male se non a lui.

Ma sí! Chi aveva ucciso lui infine, se non se stesso? chi strozzato, se non la propria vita?

E, per giunta, la galera. Da venti anni. Vi s'era chiuso, da sé; se li era piantati a guardia da sé, con la bajonetta in canna, tutti quegl'irsuti doveri, così che, non solo non gli lasciassero mai intravedere una probabile lontana via di scampo, ma non lo lasciassero più nemmeno respirare.

Qualche bella ragazza gli aveva sorriso per via?

— All'erta, sentinellàaa!

— All'erta stòòò!

Qualche amico gli aveva proposto di scappar via con lui in America?

— All'erta, sentinellàaa!

— All'erta stòòò!

E chi era più lui, adesso? Ecco qua: uno che faceva schifo, propriamente schifo, a se stesso, se si paragonava a quello che avrebbe potuto e dovuto essere.

Un gran pittore! Sissignori: mica di quelli che dipingono per dipingere... alberi e case... montagne e marine... fiumi, giardini e donne nude. Idee voleva dipingere lui; idee vive, in vivi corpi di immagini. Come i grandi!

Bevuto... eh, un tantino sí, aveva bevuto. Ma tuttavia, parlava bene.

— Nardino, parli bene.

Nardino. Sua moglie lo chiamava cosí, *Nardino*. Perdio, ci voleva coraggio! Un nome come il suo: Bernardo Morasco, divenuto in bocca a sua moglie *Nardino*.

Ma, povera donna, cosìlo capiva lei... *ino, ino... ino, ino...*

E Bernardo Morasco, passando il ponte, da Ripetta al Lungotevere dei Mellini, si rincalcò con una manata il cappellaccio su la folta chioma riccioluta, già brizzolata, e piantò gli occhi sbarrati ilari parlanti in faccia a una povera signora attempatella, che gli passava accanto, seguita da un barboncino nero, lacrimoso, che reggeva in bocca un involto.

La signora sussultò dallo spavento e al barboncino cadde di bocca l'involto.

Il Morasco restò un momento mortificato e perplesso. Aveva forse detto qualche cosa a quella signora? Oh Dio! Non aveva avuto la minima intenzione d'offenderla. Parlava con sé; – di sua moglie, parlava... – povera donna anche lei!

Si scrollò. Ma che povera donna, adesso! Sua moglie era ricca, i suoi quattro figliuoli erano ricchi, adesso. Suo suocero era finalmente crepato. E cosí, dopo vent'anni di galera, egli aveva finito di scontare la pena.

Vent'anni addietro, quando ne aveva venticinque, aveva rapito a un usurajo la figliuola. Poverina, che pietà! Timida timida, pallida pallida e con la spalla destra un tantino più alta dell'altra. Ma lui doveva pensare all'Arte; non alle donne. Le donne, lui, non le aveva potute mai soffrire. Per quello che da una donna poteva aver bisogno, quella poverina, anche quella poverina bastava. Ogni tanto, con gli occhi chiusi, là e addio.

La dote, che s'aspettava, non era però venuta. Quell'usurajo del suocero, dopo il ratto, non s'era dato per vinto; e tutti allora si erano attesi da lui che, fallito il colpo, abbandonasse quella disgraziata all'ira del padre e al «disonor!». Buffoni! Come in un libretto d'opera. Lui? Ecco qua, invece, come s'era ridotto lui, per non dare questa soddisfazione alla gente e a quell'infame usurajo!

Non solo non aveva avuto mai una parola aspra per quella poverina, ma per non far mancare il pane prima a lei, poi ai quattro figliuoli che gli erano nati – via, sogni! via, arte! via, tutto!

Là, *tordi*, per tutti i negozianti di quadretti di genere: cavalieri piumati e vestiti di seta che si battono a duello in cantina; cardinali parati di tutto punto che giuocano a scacchi in un chiostro; ciociarette che fanno all'amore in piazza di Spagna; butteri a cavallo dietro una staccionata; tempietti di Vesta con tramonti al torlo d'uovo; rovine d'acquedotti in salsa di pomodoro; poi, tutti i peggio fattacci di cronaca per le pagine a colori dei giornali illustrati: tori in fuga e crolli di campanili, guardie di finanza e contrabbandieri in lotta, salvataggi eroici e pugilati alla Camera dei deputati...

Ci sputavano sopra, adesso, moglie e figliuoli, a queste sue belle fatiche, da cui per tanti anni era venuto loro un cosìscarso pane! Gli toccava anche questo, per giunta: la commiserazione derisoria di coloro per cui si era sacrificato, martoriato, distrutto. Diventati ricchi, che rispetto più, che considerazione potevano avere per uno che si era arrabattato a metter su sconci pupazzi e caricature per lasciarli tant'anni quasi morti di fame?

Ah, ma, perdio, voleva aver l'orgoglio di sputare anche lui ora, a sua volta, su quella ricchezza, e di provarne schifo; ora che non poteva più servirgli per attuare quel sogno che gliel'aveva fatto un tempo desiderare. Era ricco anche lui, allora, ricco d'anima e di sogni!

Che scherno, l'eredità del suocero, tutto quel denaro ora che il sentimento della vita gli s'era indurito in quella realtà ispida, squallida, come in un terreno sterpigno, pieno di cardi spinosi e di sassi aguzzi, nido di serpi e di gufi! Su questo terreno, ora, la pioggia d'oro! Che consolazione! E chi gli dava più la forza di strappare tutti quei cardi, di portar via tutti quei sassi, di schiacciare la testa a tutti quei serpi, di dare la caccia a tutti quei gufi? Chi gli dava più la forza di rompere quel terreno e rilavorarlo, perché vi nascessero i fiori un tempo sognati? Ah, quali fiori più, se ne aveva perduto finanche il seme! Là, i pennacchioli di quei cardi…

Tutto era ormai finito per lui.

Se n'era accorto bene, vagando quella mattina; libero finalmente, fuori della sua carcere, poiché la moglie e i figliuoli non avevano più bisogno di lui.

Era uscito di casa, col fermo proposito di non ritornarvi mai più. Ma non sapeva ancora che cosa avrebbe fatto, né dove sarebbe andato a finire.

Vagava, vagava; era stato sul Gianicolo, e aveva mangiato in una trattoria lassú… e bevuto, sí, bevuto… più, più di tre bicchieri… la verità! Era stato anche a Villa Borghese. Stanco, s'era sdraiato per più ore su l'erba d'un prato, e… sí, forse per il vino… aveva anche pianto, sentendosi perduto come in una lontananza infinita; e gli era parso di ricordarsi di tante cose, che forse per lui non erano mai esistite.

La primavera, l'ebbrezza del primo tepore del sole su la tenera erba dei prati, i primi fiorellini timidi e il canto degli uccelli. Quando mai, per lui, avevano cantato cosìgiojosamente gli uccelli?

Che strazio, in mezzo a quel primo verde, cosìvivido e fresco d'infanzia, sentirsi grigi i capelli, arida la barba. Sapersi vecchio. Riconoscere che nessun grido poteva più erompere a lui dall'anima, che avesse la gioja di quei trilli, di quel cinguettío; nessun pensiero più, nessun sentimento nascere a lui nella mente e nel cuore, che avessero la timidità gentile di quei primi fiorellini, la freschezza di quella prima erba dei prati; riconoscere che tutta quella delizia per le anime giovani, si convertiva per lui in una infinita angoscia di rimpianto.

Passata per sempre, la sua stagione.

Chi può dire, d'inverno, quale tra tanti alberi sia morto? Tutti pajono morti. Ma, appena viene la primavera, prima uno, poi un altro, poi tanti insieme, rifioriscono. Uno solo, che tutti gli altri finora avevano potuto credere come loro, resta spoglio. Morto.

Era lui.

Fosco, angosciato, era uscito da Villa Borghese; aveva attraversato Piazza del Popolo, imboccato via Ripetta; poi sentendosi per questa via soffocare, aveva passato il ponte, e giú per il Lungotevere dei Mellini.

Mortificato ancora per lo sgarbo involontario fatto a quella signora dal barboncino nero, incontrò là un mortorio che procedeva lento lento sotto gli alberi rinverditi, con la banda in testa. Dio, come stonava quella banda! Meno male che il morto non poteva più sentirla. E tutto quel codazzo d'accompagnatori... Ah, la vita!

Ecco, si poteva felicemente definire cosí, la vita: l'accordo della grancassa coi piattini. Nelle marce funebri, grancassa e piattini non suonano più d'accordo. La grancassa rulla, a tratti, per conto suo, come se ci avesse i cani in corpo; e i piattini, *cing!* e *ciang!* per conto loro.

Fatta questa bella riflessione e salutato il morto, riprese ad andare.

Quando fu al Ponte Margherita, si rifermò. Dove andava? Non si reggeva più su le gambe dalla stanchezza. Perché aveva preso per via Ripetta? Ora, passando il Ponte Margherita, si ritrovava di nuovo quasi di fronte a Villa Borghese. No, via: avrebbe seguito da quest'altra parte il Lungotevere fino al nuovo ponte Flaminio.

Ma perché? Che voleva fare, insomma? Niente… Andare, andare, finché c'era luce.

Oltre ponte Flaminio finiva l'arginatura; ma il viale seguitava spazioso, alto sul fiume, a scarpa su le sponde naturali, con una lunga staccionata per parapetto. A un certo punto, Bernardo Morasco scorse un sentieruolo, che scendeva tra la folta erba della scarpata giú alla sponda; passò sotto alla staccionata e scese alla sponda, abbastanza larga lí e coperta anch'essa di folta erba. Vi si sdrajò.

Le ultime fiamme del crepuscolo trasparivano dai cipressi di Monte Mario, lí quasi dirimpetto, e davano alle cose che nell'ombra calante ritenevano ancora per poco i colori come uno smalto soavissimo che a mano a mano s'incupiva vie più, e riflessi di madreperla alle tranquille acque del fiume.

Il silenzio profondo, quasi attonito, era lí presso però, non rotto, ma per cosìdire animato da un certo cupo tonfo cadenzato, a cui seguiva ogni volta uno sgocciolío vivo.

Incuriosito, Bernardo Morasco si rizzò sul busto a guardare, e vide dalla sponda allungarsi nel fiume come la punta d'una chiatta nera, terminata in una solida asse, che reggeva due coppi, due specie di nasse di ferro giranti per la forza stessa dell'acqua. Appena un coppo si tuffava, l'altro veniva fuori dalla parte opposta, sgocciolante.

Non aveva mai veduto quell'arnese da pesca; non sapeva che fosse, né che significasse; e rimase a lungo stupito e accigliato a mirarlo, compreso quasi da un senso di mistero per quel lento moto cadenzato di quei due coppi là, che si tuffavano uno dopo l'altro nell'acqua, per non prender che acqua.

L'inutilità di quel girare monotono d'un cosìgrosso e cupo ordegno gli diede una tristezza infinita.

Si riaccasciò su l'erba. Gli parve che tutto fosse vano nella vita come il girare di quei due coppi nell'acqua. Guardò il cielo, in cui erano già spuntate le prime stelle, ma pallide per l'imminente alba lunare.

Si annunziava una serata di maggio deliziosa, e più nera e più amara si faceva a mano a mano la malinconia di Bernardo Morasco. Ah, chi gli levava più dalle spalle quei venti anni di galera, perché anche lui potesse godere di quella delizia? Quand'anche fosse riuscito a rinnovarsi l'animo, cacciandone via tutti i ricordi che ormai sempre gli avrebbero amareggiato lo scarso piacere di vivere, come avrebbe potuto rinnovarsi il corpo già logoro? Come andar più con quel corpo in cerca d'amore? Senza amore, senz'altro bene era passata per lui la vita, che poteva, oh sí, poteva esser bella! E tra poco sarebbe finita... E nessuna traccia sarebbe rimasta di lui, che pure aveva un tempo sognato d'avere in sé la potenza di dare un'espressione nuova, un'espressione sua alle cose... Ah, che! Vanità! Quel coppo che il fiume del tempo faceva girare, tuffare nell'acqua, per non prendere che acqua...

Tutt'a un tratto, s'alzò. Appena in piedi, gli parve strano che si fosse alzato. Avvertí che non si era alzato da sé, ma che era stato messo in piedi da una spinta interiore, non sua, forse di quel pensiero riposto, come in agguato dentro di lui, da tanti anni.

Era dunque venuto il momento?

Si guardò attorno. Non c'era nessuno. C'era il silenzio che, formidabilmente sospeso, attendeva il fruscío dell'erba a un primo passo di lui verso il fiume. E c'erano tutti quei fili d'erba, che sarebbero rimasti lí, tali e quali, sotto il chiarore umido e blando della luna, anche dopo la sua scomparsa da quella scena.

Bernardo Morasco si mosse per la sponda, ma solo quasi per curiosità di osservare da vicino quello strano ordegno da pesca. Scese su la chiatta, in cui stava confitto verticalmente un palo, presso i due coppi giranti.

Ecco: reggendosi a quel palo, egli avrebbe potuto spiccare un salto, balzar dentro a uno di quei coppi, e farsi scodellare nel fiume.

Bello! Nuovo! Sí... E afferrò con tutt'e due le mani il palo, come per far la prova; e, sorridendo convulso, aspettò che il coppo che or ora si tuffava di là nell'acqua facesse il giro. Come venne fuori di qua, man mano alzandosi, mentre quell'altro si tuffava, veramente fece un balzo e vi si cacciò dentro, con gli occhi strizzati, i denti serrati, tutto il volto contratto nello spasimo dell'orribile attesa.

Ma che? Il peso del suo corpo aveva arrestato il movimento? Rimaneva in bilico dentro il coppo?

Riaprí gli occhi, stordito di quel caso, fremente, quasi ridente... Oh Dio, non si moveva più?

Ma no, ecco, ecco... La forza del fiume vinceva... il coppo riprendeva a girare... Perdio, no... aveva atteso troppo... quell'esitazione, quell'arresto momentaneo dell'ordegno per il peso del suo corpo gli era già sembrato uno scherzo, e quasi ne aveva riso... Ora, oh Dio, guardando in alto, mentre il coppo si risollevava, vide come schiantarsi tutte le stelle del cielo; e istintivamente, in un attimo, preso dal terrore, Bernardo Morasco stese un braccio al palo, tutte e due le braccia, vi s'abbrancò con uno sforzo cosìdisperato, che alla fine sguizzò dal coppo in piedi su la chiatta.

Il coppo, con un tonfo violentissimo per lo strappo, si rituffò schizzandogli una zaffata d'acqua addosso.

Rabbrividí e rise, quasi nitrí di nuovo, convulso, volgendo gli occhi in giro, come se avesse fatto lui, ora, uno scherzo al fiume, alla luna, ai cipressi di Monte Mario.

E l'incanto della notte gli apparve ritrovato, con le stelle ben ferme e brillanti nel cielo, e quelle sponde e quella pace e quel silenzio.

La trappola

No, no, come rassegnarmi? E perché? Se avessi qualche dovere verso altri, forse sí. Ma non ne ho! E allora perché?

Stammi a sentire. Tu non puoi darmi torto. Nessuno, ragionando cosìin astratto, può darmi torto. Quello che sento io, senti anche tu, e sentono tutti.

Perché avete tanta paura di svegliarvi la notte? Perché per voi la forza alle ragioni della vita viene dalla luce del giorno. Dalle illusioni della luce.

Il bujo, il silenzio, vi atterriscono. E accendete la candela. Ma vi par triste, eh? triste quella luce di candela. Perché non è quella la luce che ci vuole per voi. Il sole! il sole! Chiedete angosciosamente il sole, voialtri! Perché le illusioni non sorgono più spontanee con una luce artificiale, procacciata da voi stessi con mano tremante.

Come la mano, trema tutta la vostra realtà. Vi si scopre fittizia e inconsistente. Artificiale come quella luce di candela. E tutti i vostri sensi vigilano tesi con ispasimo, nella paura che sotto a questa realtà, di cui scoprite la vana inconsistenza, un'altra realtà non vi si riveli, oscura, orribile: la vera. Un alito... che cos'è? Che cos'è questo scricchiolio?

E, sospesi nell'orrore di quell'ignota attesa, tra brividi e sudorini, ecco davanti a voi in quella luce vedete nella camera muoversi con aspetto e andatura spettrale le vostre illusioni del giorno. Guardatele bene; hanno le vostre stesse occhiaje enfiate e acquose, e la giallezza della vostra insonnia, e anche i vostri dolori artritici. Sí, il rodio sordo dei tofi alle giunture delle dita.

E che vista, che vista assumono gli oggetti della camera! Sono come sospesi anch'essi in una immobilità attonita, che v'inquieta.

Dormivate con essi lí attorno.

Ma essi non dormono. Stanno lí, cosìdi giorno, come di notte.

La vostra mano li apre e li chiude, per ora. Domani li aprirà e chiuderà un'altra mano. Chi sa quale altra mano… Ma per loro è lo stesso. Tengono dentro, per ora, i vostri abiti, vuote spoglie appese, che hanno preso il grinzo, le pieghe dei vostri ginocchi stanchi, dei vostri gomiti aguzzi. Domani terranno appese le spoglie aggrinzite d'un altro. Lo specchio di quell'armadio ora riflette la vostra immagine, e non ne serba traccia; non serberà traccia domani di quella d'un altro.

Lo specchio, per sé, non vede. Lo specchio è come la verità.

Ti pare ch'io farnetichi? ch'io parli a mezz'aria? Va' là, che tu m'intendi; e intendi anche più ch'io non dica, perché è molto difficile esprimere questo sentimento oscuro che mi domina e mi sconvolge.

Tu sai come ho vissuto finora. Sai che ho provato sempre ribrezzo, orrore, di farmi comunque una forma, di rapprendermi, di fissarmi anche momentaneamente in essa.

Ho fatto sempre ridere i miei amici per le tante… come le chiamate? alterazioni, già, alterazioni de' miei connotati. Ma avete potuto riderne, perché non vi siete mai affondati a considerare il mio bisogno smanioso di presentarmi a me stesso nello specchio con un aspetto diverso, di illudermi di non esser sempre quell'uno, di vedermi un altro!

Ma sí! Che ho potuto alterare? Sono arrivato, è vero, anche a radermi il capo, per vedermi calvo prima del tempo; e ora mi sono raso i baffi, lasciando la barba; o viceversa; ora mi sono raso baffi e barba; o mi son lasciata crescer questa ora in un modo, ora in un altro, a pizzo, spartita sul mento, a collana…

Ho giocato coi peli.

Gli occhi, il naso, la bocca, gli orecchi, il torso, le gambe, le braccia, le mani, non ho potuto mica alterarli. Truccarmi, come un attore di teatro? Ne ho avuto qualche volta la tentazione. Ma poi ho pensato che, sotto la maschera, il mio corpo rimaneva sempre quello… e invecchiava!

Ho cercato di compensarmi con lo spirito. Ah, con lo spirito ho potuto giocar meglio!

Voi pregiate sopra ogni cosa e non vi stancate mai di lodare la costanza dei sentimenti e la coerenza del carattere. E perché? Ma sempre per la stessa ragione! Perché siete vigliacchi, perché avete paura di voi stessi, cioè di perdere – mutando – la realtà che vi siete data, e di riconoscere, quindi, che essa non era altro che una vostra illusione, che dunque non esiste alcuna realtà, se non quella che ci diamo noi.

Ma che vuol dire, domando io, darsi una realtà, se non fissarsi in un sentimento, rapprendersi, irrigidirsi, incrostarsi in esso? E dunque, arrestare in noi il perpetuo movimento vitale, far di noi tanti piccoli e miseri stagni in attesa di putrefazione, mentre la vita è flusso continuo, incandescente e indistinto.

Vedi, è questo il pensiero che mi sconvolge e mi rende feroce!

La vita è il vento, la vita è il mare, la vita è il fuoco; non la terra che si incrosta e assume forma.

Ogni forma è la morte.

Tutto ciò che si toglie dallo stato di fusione e si rapprende, in questo flusso continuo, incandescente e indistinto, è la morte.

Noi tutti siamo esseri presi in trappola, staccati dal flusso che non s'arresta mai, e fissati per la morte.

Dura ancora per un breve spazio di tempo il movimento di quel flusso in noi, nella nostra forma separata, staccata e fissata; ma ecco, a poco a poco si rallenta; il fuoco si raffredda; la forma si dissecca; finché il movimento non cessa del tutto nella forma irrigidita.

Abbiamo finito di morire. E questo abbiamo chiamato vita!

Io mi sento preso in questa trappola della morte, che mi ha staccato dal flusso della vita in cui scorrevo senza forma, e mi ha fissato nel tempo, in questo tempo!

Perché in questo tempo?

Potevo scorrere ancora ed esser fissato più là, almeno, in un'altra forma, più là... Sarebbe stato lo stesso, tu pensi? Eh sí, prima o poi... Ma sarei stato un altro, più là, chi sa chi e chi sa come; intrappolato in un'altra sorte; avrei veduto altre cose, o forse le stesse, ma sotto aspetti divcrsi, diversamente ordinate.

Tu non puoi immaginare l'odio che m'ispirano le cose che vedo, prese con me nella trappola di questo mio tempo; tutte le cose che finiscono di morire con me, a poco a poco! Odio e pietà! Ma più odio, forse, che pietà.

È vero, sí, caduto più là nella trappola, avrei allora odiato quell'altra forma, come ora odio questa; avrei odiato quell'altro tempo, come ora questo, e tutte le illusioni di vita, che *noi morti d'ogni tempo* ci fabbrichiamo con quel po' di movimento e di calore che resta chiuso in noi, del flusso continuo che è la vera vita e non s'arresta mai.

Siamo tanti morti affaccendati, che c'illudiamo di fabbricarci la vita.

Ci accoppiamo, un morto e una morta, e crediamo di dar la vita, e diamo la morte... Un altro essere in trappola!

— Qua, caro, qua; comincia a morire, caro, comincia a morire... Piangi, eh? Piangi e sguizzi... Avresti voluto scorrere ancora? Sta' bonino, caro! Che vuoi farci? Preso, co-a-gu-la-to, fissato… Durerà un pezzetto! Sta' bonino…

Ah, finché siamo piccini, finché il nostro corpo è tenero e cresce e non pesa, non avvertiamo bene d'esser presi in trappola! Ma poi il corpo fa il groppo; cominciamo a sentirne il peso; cominciamo a sentire che non possiamo più muoverci come prima.

Io vedo, con ribrezzo, il mio spirito dibattersi in questa trappola, per non fissarsi anch'esso nel corpo già leso dagli anni e appesito. Scaccio subito ogni idea che tenda a raffermarsi in me; interrompo subito ogni atto che tenda a divenire in me un'abitudine; non voglio doveri, non voglio affetti, non voglio che lo spirito mi s'indurisca anch'esso in una crosta di concetti. Ma sento che il corpo di giorno in giorno stenta vie più a seguire lo spirito irrequieto; casca, casca, ha i ginocchi stanchi e le mani grevi… vuole il riposo! Glielo darò.

No, no, non so, non voglio rassegnarmi a dare anch'io lo spettacolo miserando di tutti i vecchi, che finiscono di morir lentamente. No. Ma prima… non so, vorrei far qualche cosa d'enorme, d'inaudito, per dare uno sfogo a questa rabbia che mi divora.

Vorrei, per lo meno… – vedi queste unghie? affondarle nella faccia d'ogni femmina bella che passi per via, stuzzicando gli uomini, aizzosa.

Che stupide, miserabili e incoscienti creature sono tutte le femmine! Si parano, s'infronzolano, volgono gli occhi ridenti di qua e di là, mostrano quanto più possono le loro forme provocanti; e non pensano che sono nella trappola anch'esse, fissate anch'esse per la morte, e che pur l'hanno in sé la trappola, per quelli che verranno!

La trappola, per noi uomini, è in loro, nelle donne. Esse ci rimettono per un momento nello stato di incandescenza, per cavar da noi un altro essere condannato alla morte. Tanto fanno e tanto dicono, che alla fine ci fanno cascare, ciechi, infocati e violenti, là nella loro trappola.

Anche me! Anche me! Ci hanno fatto cascare anche me! Ora, di recente. Sono perciò cosìferoce.

Una trappola infame! Se l'avessi veduta... Una madonnina. Timida, umile. Appena mi vedeva, chinava gli occhi e arrossiva. Perché sapeva che io, altrimenti, non ci sarei mai cascato.

Veniva qua, per mettere in pratica una delle sette opere corporali di misericordia: visitare gl'infermi. Per mio padre, veniva; non già per me; veniva per aiutare la mia vecchia governante a curare, a ripulire il mio povero padre, di là…

Stava qui, nel quartierino accanto, e s'era fatta amica della mia governante, con la quale si lagnava del marito imbecille, che sempre la rimbrottava di non esser buona a dargli un figliuolo.

Ma capisci com'è? Quando uno comincia a irrigidirsi, a non potersi più muovere come prima, vuol vedersi attorno altri piccoli morti, teneri teneri, che si muovano ancora, come si moveva lui quand'era tenero tenero; altri piccoli morti che gli somiglino e facciano tutti quegli attucci che lui non può più fare.

È uno spasso lavar la faccia ai piccoli morti, che non sanno ancora d'esser presi in trappola, e pettinarli e portarseli a spassino.

Dunque, veniva qua.

— Mi figuro, — diceva con gli occhi bassi, arrossendo, — mi figuro che strazio dev'esser per lei, signor Fabrizio, vedere il padre da tanti anni in questo stato!

— Sissignora, — le rispondevo io sgarbatamente, e le voltavo le spalle e me n'andavo.

Sono sicuro, adesso, che appena voltavo le spalle per andarmene, lei rideva, tra sé, mordendosi il labbro per trattenere la risata.

Io me n'andavo perché, mio malgrado, sentivo d'ammirar quella femmina, non già per la sua bellezza (era bellissima, e tanto più seducente, quanto più mostrava per modestia di non tenere in alcun pregio la sua bellezza); la ammiravo, perché non dava al marito la soddisfazione di mettere in trappola un altro infelice.

Credevo che fosse lei; e invece, no; non mancava per lei; mancava per quell'imbecille. E lei lo sapeva, o almeno, se non proprio la certezza, doveva averne il sospetto. Perciò rideva; di me, di me rideva, di me che l'ammiravo per quella sua presunta incapacità. Rideva in silenzio, nel suo cuore malvagio, e aspettava. Finché una sera…

Fu qua, in questa stanza.

Ero al bujo. Sai che mi piace veder morire il giorno ai vetri d'una finestra e lasciarmi prendere e avviluppare a poco a poco dalla tenebra, e pensare: — «Non ci sono più!» pensare: — «Se ci fosse uno in questa stanza, si alzerebbe e accenderebbe un lume. Io non accendo il lume, perché non ci sono più. Sono come le seggiole di questa stanza, come il tavolino, le tende, l'armadio, il divano, che non hanno bisogno di lume e non sanno e non vedono che io sono qua. Io voglio essere come loro, e non vedermi e dimenticare di esser qua».

Dunque, ero al bujo. Ella entrò di là, in punta di piedi, dalla camera di mio padre, ove aveva lasciato acceso un lumino da notte, il cui barlume si soffuse appena appena nella tenebra quasi senza diradarla, a traverso lo spiraglio dell'uscio.

Io non la vidi; non vidi che mi veniva addosso. Forse non mi vide neanche lei. All'urto, gittò un grido; finse di svenire, tra le mie braccia, sul mio petto. Chinai il viso; la mia guancia sfiorò la guancia di lei; sentii vicino l'ardore della sua bocca anelante, e…

Mi riscosse, alla fine, la sua risata. Una risata diabolica. L'ho qua ancora, negli orecchi! Rise, rise, scappando, la malvagia! Rise della trappola che mi aveva teso con la sua modestia; rise della mia ferocia: e d'altro rise, che seppi dopo.

È andata via, da tre mesi, col marito promosso professor di liceo in Sardegna.

Vengono a tempo certe promozioni.

Io non vedrò il mio rimorso. Non lo vedrò. Ma ho la tentazione, in certi momenti, di correre a raggiungere quella malvagia e di strozzarla prima che metta in trappola quell'infelice cavato cosìa tradimento da me.

Amico mio, sono contento di non aver conosciuto mia madre. Forse, se l'avessi conosciuta, questo sentimento feroce non sarebbe nato in me. Ma dacché m'è nato, sono contento di non aver conosciuto mia madre.

Vieni, vieni; entra qua con me, in quest'altra stanza. Guarda!

Questo è mio padre.

Da sette anni, sta lí. Non è più niente. Due occhi che piangono; una bocca che mangia. Non parla, non ode, non si muove più. Mangia e piange. Mangia imboccato; piange da solo; senza ragione; o forse perché c'è ancora qualche cosa in lui, un ultimo resto che, pur avendo da settantasei anni principiato a morire, non vuole ancora finire.

Non ti sembra atroce restar cosí, per un punto solo, ancora preso nella trappola, senza potersi liberare?

Egli non può pensare a suo padre che lo fissò settantasei anni addietro per questa morte, la quale tarda cosìspaventosamente a compirsi. Ma io, io posso pensare a lui; e penso che sono un germe di quest'uomo che non si muove più; che se sono intrappolato in questo tempo e non in un altro, lo debbo a lui!

Piange, vedi? Piange sempre cosí… e fa piangere anche me! Forse vuol essere liberato. Lo libererò, qualche sera, insieme con me. Ora comincia a far freddo; accenderemo, una di queste sere, un po' di fuoco... Se ne vuoi profittare...

No, eh? Mi ringrazii? Sí, sí, andiamo fuori, andiamo fuori, amico mio. Vedo che tu hai bisogno di rivedere il sole, per via.

Notizie del mondo

I

In tutto, due lagrimucce, tre ore coi gomiti sul tavolino, la testa tra le mani; sissignori: a forza di strizzarmi il cuore, eccole qua nel fazzoletto: proprio due, spremute agli angoli degli occhi. Da buoni amici, caro Momo, facciamo a metà. Una per te morto, una per me vivo. Ma sarebbe meglio, credi, che me le prendessi tutt'e due per me.

Come un vecchio muro cadente sono rimasto, Momino, a cui una barbara mano abbia tolto l'unico puntello. (Bella, eh? la barbara mano.) Ma non so piangere, lo sai. Mi ci provo, e riesco solo a farmi più brutto, e faccio ridere.

Sai che bell'idea piuttosto m'è venuta? di mettermi ogni sera a parlare da solo con te, qua, a dispetto della morte. Darti notizia di tutto quanto avviene ancora in questo porco mondaccio che hai lasciato e di ciò che si dice e di ciò che mi passa per il capo. E cosìmi parrà di continuarti la vita, riallacciandoti a essa con le stesse fila che la morte ha spezzate.

Non trovo altro rimedio alla mia solitudine.

Ridotto monaco di clausura nel convento della tua amicizia, nessuna parte di me è rimasta aperta a una relazione, sia pur lontana, con altri esseri viventi. E ora… mi vedi? ora che non ho più nulla da fare per te come in questi tre ultimi giorni dopo la tua morte, eccomi qua solo, in questa casa che non mi par mia, perché la vera casa mia era la tua.

Sentirai, sentirai, se mi ci metto per davvero, che bellissimi paragoni ti farò! Intanto, oltre a quello del muro cadente e della barbara mano, pigliati quest'altro del monaco di clausura.

Ho comperato un lume, lo vedi? Bello, di porcellana, col globo smerigliato. Prima non ne sentivo bisogno, perché le sere le passavo da te, e per venirmene a letto qua mi bastava un mozzicone di candela, che spesso mi davi tu.

Ora tanto è il silenzio, Momino, che lo sento ronzare. Un ronzio, sai? che pare piuttosto degli orecchi, quando ti s'otturano. Eh, tu l'hai otturati bene adesso, Momino mio! E m'immagino difatti che questo ronzio venga da lontano lontano. Da dove sei tu. Ed ecco, lo ascolto con piacere; mi ci metto dietro col pensiero, e vado e vado, finché — guarda, guarda, Momino, è venuta! — una terza lagrimuccia, di sperduta malinconia. Ma sarà per me, se permetti: mi sento davvero cosìsolo!

Sú, avanti, avanti. Vorrei proprio fartela vedere ancora, vedere e sentire, la vita, anche col tempo che fa, anche coi minimi mutamenti che vi succedono. Che se questo mondaccio sa e può fare a meno di tutti quelli che se ne vanno, di te non so né posso fare a meno io; e perciò, a dispetto della morte, bisogna che il mondo per mio mezzo continui a vivere per te, e tu per lui; o se no, me ne vado anch'io, e buona notte; me ne vado perché mi parrà proprio di non aver più ragione di restarci.

Tanto, è stata sempre cosìper me la vita: a lampi e a cantonate. Non sono riuscito a vederci mai niente. Ogni tanto, un lampo; ma per veder che cosa? una cantonata. Vale a dire, Momino, la coscienza che ti si para davanti di soprassalto: la coscienza d'una bestialità che abbiamo detto o fatto, tra le tante di cui al bujo non ci siamo accorti.

Basta, diventerò l'uomo più curioso della terra: spierò, braccherò, andrò in giro tutto il giorno per raccoglier notizie e impressioni, che poi la sera ti comunicherò, qua, per filo e per segno. Tanta vita, lo so, come sfugge a me, sfuggirà anche a te: la vita, per esempio, degli altri paesi; ma (cosa che non ho mai fatta) leggerò anche i giornali per farti piacere; e ti saprò dire se quella cara nostra sorella Francia, se quella prepotente Germaniaccia…

Ah Dio mio, Momo, forse le notizie politiche non t'interessano più? Non è possibile: erano ormai quasi tutta la tua vita e dobbiamo seguitare a fare come ogni sera, quando, dopo cena, il portinajo ti portava su il giornale e tu, leggendolo, a qualche notizia, battevi forte il pugno sulla tavola e io restavo perplesso tra i bicchieri che saltavano e i tuoi occhiacci che mi fissavano di sui cerchi delle lenti insellate sempre un po' a sghimbescio sul tuo naso grosso. Te la pigliavi con me; mi apostrofavi, come se io poveretto, che non mi sono mai occupato di politica, rappresentassi davanti a te tutto il popolo italiano.

— Vigliacchi! Vigliacchi!

E quella sera che, terribilmente indignato, volevi dal terrazzino buttar giú nel fiume le tue medaglie garibaldine?

Faceva un tempaccio! Pioveva a dirotto. E nel vederti cosìacceso manifestai l'opinione, ricordi? che non mettesse conto per questi porci d'Italia che tu rischiassi di prendere un malanno, uscendo sul terrazzino, sotto la pioggia. Come mi guardasti! Ma io t'ammiravo, sai? T'ammiravo tanto tanto, perché mi sembravi un ragazzo, in quei momenti, e spesso non sapevo trattenermi dal dirtelo e tu t'arrabbiavi e perfino m'ingiuriavi, quando alle tue ire focose opponevo questa mia bella faccia di luna piena, sorridente e stizzosa. Ti facevo uscir dai gangheri talvolta e dirne d'ogni colore. A qualcuna più grossa, tranquillissimo, ti domandavo:

— E come la ragioni?

E tu, rosso come un gambero, con gli occhi schizzanti dalle orbite:

— La ragiono, che sei un somaro!

Quanto mi ci divertivo! E mi suona ancora negli orecchi la tua voce, quando, con gli occhi chiusi, mi dicevi, quasi recitando a memoria:

— Per le anime lente e pigre come la tua, per le anime che non sanno cavar nulla da sé, tutto per forza è muto e senza valore.

E questo, perché non mi sapevo cavar dall'anima tutta quella candida santa ingenuità che tu cavavi dalla tua per vestirne uomini e cose. E quante volte non ti vidi parar cosìdella bianca stola della tua sincerità qualche mala bestia, della quale ti bisognava un morso o un calcio per riconoscere la vera natura.

Ma tu volevi veder per forza tutto buono e tutto bello il mondo; e spesso ci riuscivi, perché è proprio in noi il modo e il senso delle cose; e segue appunto da ciò la diversità dei gusti e delle opinioni; e segue pure che, s'io voglio farti vedere ancora il mondo, bisogna che mi provi a guardarlo con gli occhi tuoi. E come farò?

Per cominciare, m'immagino che debbano interessarti maggiormente le cose che ti stavano più vicine; quelle, per esempio, di casa tua: tua moglie... Ah Momaccio, Momaccio, che tradimento! lasciamelo dire. Tante cose ti perdonai in vita: questa, no; né te la perdonerò mai. Tua moglie.

Se ai morti, nell'ozio della tomba, venisse in mente di porre un catalogo dei torti e delle colpe che ora si pentono avere nel decorso della loro vita commessi, catalogo che un bel giorno sarebbe edificante apparisse nella parte posteriore delle tombe, come il rovescio delle menzogne spesso incise nella lapide; tu nel tuo dovresti mettere soltanto:

SPOSAI. A. LVI. ANNI.
UNA. DONNA. DI XXX.

Basterebbe.

Senti. Mi par chiaro come la luce del sole che tu sei morto cosìprecipitosamente per causa sua.

Non ti ripeterò qui, adesso, le ragioni che ti dissi cinque anni fa, nel giorno più brutto della mia vita, e delle quali facesti a tue spese la più trista delle esperienze. E poi, io dico, perché? che ti mancava? Stavamo cosìbene tutti e due insieme, in santa pace. Nossignori. La moglie. E sostenere che non era vero che la casa come ce l'eravamo fatta a poco a poco con quei miei vecchi mobili e con gli altri comperati di combinazione, ti potesse bastare; e quella bella polvere di vecchiaja che s'era ormai posata e distesa per noi su tutte le cose della vita, perché noi con un dito ci divertissimo a scriverci sopra: *vanità*; e le care quiete abitudini che s'erano già da un pezzo stabilite tra noi, con la compagnia delle nostre bestioline, le due coppie di canarini, a cui badavo io, Ragnetta a cui badavi tu (e spesso, quand'era in caldo, ricordi? La lisciavi, e ti sgraffiava) e le due stupidissime tartarughe, marito e moglie, Tarà e Tarú, che ci davano motivo a tante sapientissime considerazioni, là nel terrazzino pieno di fiori. Sostenere, santo Dio, che sempre – come Tarú – ne avevi sentito il bisogno, tu, d'una moglie (all'età tua, vergognosaccio!), e che io non ti potevo compatire, perché le donne, io...

Traditore, traditore e fanatico!

Non facevi delle donne anche tu la stessissima mia stima prima che venisse sú a cangiarti in un momento da cosìa cosìla bella *mademoiselle* delle due stanze d'abbasso, con la scusa di vedere quei fiori del terrazzino, che su a te attecchivano e giú a *mademoiselle*, nei vasi sul davanzale della finestra, non volevano attecchire?

Maledetto terrazzino!

— Uh che bellezza! uh che meraviglia! E chi li coltiva cosìbene tutti questi fiori?

E tu, subito:

— Io!

Come se tutti i semi, a uno a uno, per trovarteli, le gambe non me le fossi rotte io per intere giornate, pezzo d'ingrato! Ma il bisogno di farti subito bello davanti a quella *mademoiselle* esclamativa…

A vederti tutt'a un tratto quel lustro di vecchio ubriaco negli occhi piccini piccini, e liquefare in certi sorrisi da scemo, ti avrei bastonato, ti avrei bastonato, parola d'onore. E quando lei disse che giú con la mamma malata non faceva altro che parlare di noi due, della dolcezza della nostra vita in comune:

— Due poveri vecchi, — m'affrettai a dirle (ti ricordi?) guardandola con certi occhi da farla sprofondare tre palmi sottoterra dalla vergogna.

Tu lo notasti, e subito, imbecille (lasciamelo dire):

— No, sa? vecchio lui solo, signorina! e brontolone, e seccatore. Non creda mica alla dolcezza della nostra vita! Sapesse che arrabbiature mi fa prendere!

Passati ora una mano sulla coscienza: mi meritavo questo da te?

Lasciamo andare. Ti castigai. Questa casa che tengo in affitto da cinque anni, rappresentò il castigo per te; non ostante che poco dopo il tuo matrimonio non avessi saputo tener duro e avessi ripreso a vivere quasi tutto il giorno con te.

Ma il letto a casa tua, no, mai più!

E ogni notte, sai, prima di lasciarti, pregavo tutti i venti della terra che andassero a prendere e rovesciassero su Roma un uragano, perché tu provassi rimorso nel vedermi andar via solo, povero vecchio, a dormire altrove, mentre prima il mio lettuccio era accanto al tuo e tenevamo calda la cameretta nostra. Avrei voluto, guarda, in una di queste notti di pioggia e di vento, ammalarmi, per accrescerti il rimorso; anche morire... – sí, sono arrivato ad assaporare il tossico di queste volutà. Ma io, ahimè! ho la pelle dura, io; e sei morto tu, invece, tu e per causa di lei – lasciamelo dire!

Ah Momino, Momino: corrotta veramente la Francia! Si diventa per forza o cosìenfatici o cosìsdolcinati a parlar francese, specialmente delle donne e con le donne! La signorina d'abbasso, sapendo che tu insegnavi il francese, voleva parlare il francese con te:

— Oh que vous êtes gentil, monsieur Momino, de m'apprendre à prononcer si poliment le français!

Vedi? E ora torno a maledire il momento che a tua insaputa mi posi con impegno a fartelo ottenere quel posticino alle tecniche. Stando con me, non ti sarebbe mancato mai nulla; invece, professor di francese, enfasi, enfasi, credesti di poterti permettere di prender moglie all'età tua, e ti rovinasti.

Non ci si pensi più. Tu sai che sentimenti nutra io per tua moglie: tuttavia, non dubitare, ti darò frequenti notizie anche di lei.

191

Ma voglio riallacciare le fila proprio dal momento che il mondo per te si fece vano; dal momento che, sentendoti colpire improvvisamente dalla morte, a tavola, mentre si cenava, alla mia esclamazione: «Non è niente! non è niente!» rispondesti:

— L'ora di dire addio.

Furono le tue ultime parole. Il giorno appresso, alle nove del mattino, dopo tredici ore di agonia: morto.

Mi parrà sempre d'udire nel silenzio della notte il tremendo rantolo della tua agonia. Che cosa orribile, Momino, rantolare a quel modo! Non mi pareva vero che lo potessi far tu! E ti sei tutto… ah Dio! il letto, la camicia… Tu sempre cosìpulito! E quell'arrangolío fischiante, che faceva venir la disperazione a chi ti stava vicino, di non poterti far nulla… E non dimenticherò mai, mai, la lugubre veglia della notte appresso, con tutte le finestre aperte sul fiume. Vegliare di notte un morto, con un fiume che si sente scorrere sotto; affacciarsi alla finestra e vedere andar piccola piccola l'ombra di qualche passante sul ponte illuminato…

Intanto, bisogna dire la verità: tua moglie t'ha pianto molto, sai? e seguita. Io no, ma, stordito come sono ancora, ho pensato a tutto, io.

Mezzanotte, Momino: l'ora solita. Me ne vado a letto.

Che silenzio! Mi pare che tutta la notte intorno sia piena della tua morte. E questo ronzio del lumetto…

Basta. Qua, nella camera attigua, per me, un letto candido e soffice. Tu chiuso in una doppia cassa in quel grottino al Pincetto, Numero 51, povero Momino mio!

Non ho il coraggio di dirti buona notte.

II

Oggi mi sono accorto che anche i cimiteri sono fatti per i vivi.

Questo del Verano, poi, addirittura una città ridotta. I poveri, peggio che a pianterreno; i ricchi, palazzine di vario stile, giardinetto intorno, cappella dentro; e coltiva quello un giardiniere vivo e pagato, e officia in questa un prete vivo e pagato.

Per esser giusti, ecco due posti usurpati ai morti di professione, nel loro stesso domicilio.

Vi sono poi strade, piazze, viali, vicoli e vicoletti, ai quali farebbero bene a porre un nome, perché i visitatori vi si potessero meglio orientare: il nome del morto più autorevole: *Via* (o vicolo) *Tizio*; *Viale* (o piazza) *Cajo*.

Quando sarò anch'io dei vostri, Momo, se ci riuniamo qualche notte in assemblea, vedrai che farò questa e altre proposte, sia per l'affermazione, sia per la tutela dei nostri diritti e della nostra dignità. Che te ne pare, intanto, stasera, di queste mie riflessioni? Con questo po' di vita che mi resta, non mi sento più di qua, caro Momo, dacché tu sei morto; e vorrei spenderlo, questo po' di resto, per darvi, come posso, qualche sollazzo. Ma scommetto che ora tu mi dici al solito che queste mie riflessioni non sono originali.

Bada ch'era davvero curiosa (ora te lo voglio dire), che tutto quello che mi scappava di bocca in tua presenza tu pretendevi d'averlo letto in qualche libro, del quale spesso dicevi di non rammentarti né il titolo né l'autore.

Io di me non presumo troppo: non leggo mai nulla, tranne qualche libro antico, di tanto in tanto. So – questo è vero – che, se mi picchio un po' su la fronte, sento, perdio, che vi sta di casa un cervello; ma ignorante, sí; più di me è difficile trovarne un altro. Visto però che spesso i men savii sono coloro che si persuadono saper più, e fanno intanto le più scervellate pazzie; dovrei vergognarmene, non me ne vergogno.

Torniamo alla città ridotta.

Tua moglie ha commesso, secondo me, una di quelle sciocchezze, che non ho saputo mai tollerare in silenzio. Giudicane tu: si è impegnata nella spesa insostenibile d'una sepoltura privilegiata e temporanea per te.

Giacer morto in una tomba gentilizia o nel campo dei poveri o, nuda spoglia, ai piedi d'un albero o in fondo al mare o dove che sia, non è tutt'uno? Ugo Foscolo dice prima di sí, e poi di no, per certe sue nobili ragioni sociali e civili. Tu forse la pensi come Ugo Foscolo. Io no. Più vado avanti, io, e più odio la società e la civiltà. Ma lasciamo questo discorso. Fosse almeno una tomba fissa! Nossignori. Approfittando che nel Verano c'è pure l'*est locanda*, tua moglie ha preso a pigione per te uno di quei grottini detti loculi: venticinque lire per tre mesi, e poi dieci lire in più per ogni mese, dopo i tre.

Ora, capirai, questa spesa a mano a mano crescente, di qui a sette, otto mesi, tua moglie non potrà più, certo, sostenerla. E allora che avverrà?

Ma ella spera, dice, in uno sgombero. Mi spiego. Sai che nel cimitero, qualche volta, avvengono pure gli sgomberi, precisamente come in città? Sí. I morti sgomberano. O per dir meglio, i vivi superstiti, andando via da Roma, poniamo, per domiciliarsi in un'altra città, coi bauli e gli altri arredi di casa si portano via anche i loro morti, dei quali svendono la casa vecchia per comperarne loro una nuova nell'altro cimitero.

Che sciocco! le dico a te codeste cose, che ci stai e devi saperle. Ma io questa la imparo adesso, fresca fresca.

Ora, intendi? tua moglie spera in una di queste certo non frequenti occasioni. Io penso però che ella conta su tante cose che le verranno certo a fallire; e prima, che con tutta quella sua bravura nel parlar francese le debba durare tanto affetto e tal pensiero per te (ti chiedo licenza di dubitarne); e poi, che possa far tanti risparmi da accumulare quanto basti a comperar questa tomba, diciamo cosí, di seconda mano. E la pigione del loculo, in tutto questo tempo, chi la paga? Capisco che la pagherò io, – mi par di sentirmelo gridare da una vocina dentro la cassaforte qui accanto – ma ciò non toglie che non sia una segnalata pazzia.

E giacché siamo a questi discorsi angustiosi, intratteniamocene ancora un po'. Sai che sono metodico e meticoloso e che soglio tener conto di tutto. Sto facendo la nota delle spese mensili e ci sono anche quelle che ho fatte per te. Vogliamo parlare un po' d'interessi come prima?

Ho cercato di far tutto, Momino mio (trasporto funebre, sotterramento, eccetera), con decenza, salvando quella modestia che tu hai tanto raccomandato nel tuo testamento. Ma mi sono accorto che a Roma quasi quasi costa più il morire che il vivere, che pur costa tanto, e tu lo sai. Se te la facessi vedere, questa noticina presentatami jeri dall'agente della nuova Società di pompe funebri, ti metteresti le mani ai capelli. Eppure, prezzi di concorrenza, bada! Ma quello che m'ha fatto groppo è stato il pretino unto e bisunto della parrocchia qua di San Rocco, che ha voluto venti lire per spruzzarti un po' d'acqua su la bara e belarti un *requiem*… Ah, quando muojo io, niente! Già, al fuoco! È più spiccio e più pulito. Ognuno però la pensa a modo suo; e, pure da morti, abbiamo la debolezza di volerci in un modo, anziché in un altro. Basta.

Interessi.

Sai che ancora un po' di quel che avevo, mi resta; sai che i bisogni miei sono limitatissimi e che ormai nessun desiderio più m'invoglia di sperare; tranne quello di morir presto, sperare che sia senza avvedermene.

Che si diceva? Ah, dico: che debbo farmene di questo poco che mi resta? Lasciarlo, dopo morto, in opere di carità? Prima di tutto, chi sa come e dove andrebbe a finire; poi, io non ho di queste tenerezze tardive per il prossimo in generale. Il prossimo, io voglio sapere come si chiama.

Orbene, poiché certe cose si scrivono meglio che non si dicano a voce, ho scritto a tua moglie che era mia ferma intenzione, e che anzi stimavo come dovere, continuare a fare per la vedova dell'unico amico mio quel ch'ero solito di fare per lui: contribuire, cioè, alle spese di casa.

Momo, prenditi questo decottino a digiuno. Sai come m'ha risposto tua moglie? M'ha ringraziato, prima di tutto, come si può ringraziare un qualunque estraneo; ma lasciamo andare; ha poi soggiunto che, per il momento, sí, dice, purtroppo si *vede costretta* a non ricusare i miei *graziosi favori*, perché avendo *dischiavacciato* lo stipetto, dove tu eri solito di riporre il *sudor delle tue fatiche*, dice, non vi ha trovato che sole lire cinquanta, con le quali evidentemente, dice, non è possibile pagar la pigione di casa che scade il giorno quindici, saldare alcuni conti con parecchi fornitori di commestibili e farsi un modesto abito da lutto di assoluta necessità.

Indovinerai dalle frasi che ti ho trascritte chi ha dettato a tua moglie questa lettera: i *graziosi favori*, il *dischiavacciato*, il *sudor delle tue fatiche* non possono uscire che dalla bocca di tuo cognato… cioè, no: verrebbe a essere di te cognato di tua moglie, è vero? il signor Postella, insomma, il quale – te ne avverto di passata – ha preso definitivamente domicilio in casa tua insieme con la *sua metà*, e dormono nella stessa camera in cui sei morto, in cui dormivamo tu e io.

Andiamo avanti. La lettera mi annunziava, seguitando, alcuni disegni per l'avvenire: che tua moglie, cioè, spera, o almeno desidera, di trovar da lavorare in casa, o qualche dignitoso collocamento in una nobile famiglia, come lettrice o istitutrice, mettendo a profitto, dice, i *preziosi ammaestramenti* che tu le lasciasti in *unica e cara eredità*. Ma non ti dar pensiero neanche di questo. Finché ci sono qua io, sta' pur sicuro che non ne farà di nulla. Intanto la lettera terminava con questa frase: «*E fiducialmente La saluto!*» — Fiducialmente! Dove va a pescarle le espressioni tuo cognato? Bada che è buffo sul serio!

E a proposito del *dischiavacciato*: la chiave dello stipetto dove l'hai lasciata? Non si è potuta trovare: e quel linguajo, lo vedi, ha dovuto ricorrere al *dischiavacciamento*. Questi napoletani, quando parlano l'italiano… Ma, chi sa! la troppa fretta d'aprire non gli avrà forse lasciato cercar bene e trovare la chiave… Mi dispiace per lo stipetto, ch'era roba nostra in comune: lo stipetto di mia madre, una santa reliquia per me. Basta. Parliamo d'altro.

Questa notte la mia giacca, posata su la poltrona a piè del letto, d'accordo col lumino da notte relegato sul pavimento in un angolo della camera, s'è divertita a farmi provare un soprassalto, combinandomi uno scherzetto d'ombra.

Dopo aver dormito un pezzo con la faccia al muro, nel voltarmi mi sono mezzo svegliato e ho avuto la momentanea impressione che qualcuno fosse seduto su la poltrona.

Ho subito pensato a te. Ma perché mi sono spaventato?

Ah se tu potessi veramente, anche come una fantasima, farti vedere da me, le notti; venire qua comunque a tenermi compagnia!

Ma già, potendo, tu te n'andresti da tua moglie, ingrato! Ella però ti chiuderebbe la porta in faccia, sai? o scapperebbe via dallo spavento. E allora tu te ne verresti qua da me, per essere consolato; e io seduto come sono adesso davanti al tavolino, e tu di fronte a me, converseremmo insieme, come ai bei tempi... Ti farei trovare ogni sera una buona tazza di caffè e tu, caffeista, giudicheresti se lo faccio meglio io, o tua moglie; la pipetta e il giornale. Così te lo leggeresti da te il giornale; perché io, sai, non c'è verso: non ci resisto; mi ci sono provato tre volte e ho dovuto smettere subito.

Mi sono confortato pensando che se io, vivo, posso farne a meno, a più forte ragione potrai farne a meno tu, ormai, non è vero?

Dimmi di sí, ti prego.

Tornando questa mattina dal cimitero, mi son sentito chiamare per Via Nazionale:

— Signor Aversa! Signor Aversa!

Mi volto; il nipote del notajo Zanti, uno di quei giovanotti che tu (non so perché) chiamavi *discinti*. Mi stringe la mano e mi dice:

— Quel povero signor Gerolamo! Che pena!

Chiudo gli occhi e sospiro. E il giovinotto:

— Dica, signor Tommaso, e la moglie... la vedova?

— Piange, poverina.

— Me l'immagino! Andrò oggi stesso a fare il mio dovere...

Molte visite di condoglianza riceverà tua moglie, Momino. E se fosse brutta e vecchia? Nessuna.

Anche a costo di parer crudele, bisogna che io ti abitui a queste notizie. Con l'andar del tempo, temo non debba dartene di assai peggiori. La vita è trista, amico mio, e chi sa quali e quante amarezze ci riserba.

Mezzanotte. Dormi in pace.

III

Che buffoni, amico mio, che buffoni!

Sono venuti stamane a trovarmi il signor Postella e quella montagna di carne ch'egli ha il coraggio di chiamare *la sua metà*. Sono venuti a trovarmi per chiarire, dice, la lettera che jeri mi scrisse tua moglie.

Capisci che fa tuo cognato? Prima scrive in quella razza di maniera, e poi viene a chiarire.

Basta... L'intima e vera ragione della sua visita d'oggi però avrà pur bisogno, vedrai, d'esser chiarita meglio da una seconda visita, domani.

Io almeno non ho saputo vederci chiaro abbastanza. M'è parso soltanto di dover capire che il signor Postella intende di far doppio giuoco e ho voluto metter subito le carte in tavola.

Veramente, prima l'ho lasciato dire e dire. Plinio insegna che le donnole, innanzi che combattano con le serpi, si muniscono mangiando ruta. Io fo meglio: mi munisco lasciando parlare il signor Postella; assorbisco il succo del suo discorso; poi lo mordo col suo stesso veleno.

Ah, se avessi visto come si mostrava afflitto della lettera di tua moglie: afflittissimo! E siccome non la finiva più, a un certo punto, per consolarlo, gli ho detto:

— Senta, caro signor Postella, lei ha non so se la disgrazia o la fortuna di possedere uno stile. Dote rara! se la guardi! Dica un po', è forse pentito di quello che m'ha fatto scrivere jeri dalla moglie dell'amico mio?

Poveretto, non se l'aspettava. Ha battuto per lo meno cento volte di seguito le palpebre, per quel *tic* nervoso che tu gli sai; poi col risolino scemo di chi non vuol capire e finge di non aver capito:

— Come come?

La moglie non ha detto nulla, ma per lei ha scricchiolato la seggiola su cui stava seduta.

— Sí, badi, — ho ripreso io, impassibile — non desidererei di meglio, signor mio.

E allora è venuta fuori la spiegazione, durante la quale ho molto ammirato Postella moglie, che pendeva dalle labbra del marito e approvava col capo quasi a ogni parola, lanciandomi di tanto in tanto qualche sguardo, come per dirmi:

«Ma sente come parla bene?»

Io non so se quel baccellone di piano abbia mai posseduto un cervello; certo è che ora, se lo ha, non lo tiene più in esercizio, tale e tanta fiducia ripone in quello del marito, che è uno, sí, ma basta, secondo lei, per tutti e due, e ne avanza.

Per farla breve, il signor Postella ha confermato d'averla scritta lui la lettera; ma, beninteso! per espresso incarico di tua moglie, che nel dolore, dice, al quale tuttavia è in preda, non sentendosi in grado, dice, di stenderla lei, gliene suggerí i termini. Egli, il signor Postella, ne fu dolentissimo, ed ecco, me ne dava una prova con la sua visita d'oggi. Dall'altro canto però ha voluto scusar tua moglie, e che la scusassi anch'io considerando le *delicate* ragioni, dice, che le avevano consigliato di farmi scrivere in quel modo.

E qui s'è chiarito un equivoco, o meglio, un malinteso. Tua moglie, nel leggere la mia lettera – dove (promettendole che avrei continuato a far per lei quello che facevo per te) io avevo usato la frase *contribuire alle spese di casa* – ha capito, dice, ch'io volessi seguitare a vivere come per l'addietro, e cioè più a casa tua, che in queste tre stanzette mie… Ma, nel dirmi questo, le palpebre del signor Postella parevano addirittura impazzite sotto il mio sguardo a mano a mano più sdegnoso e sprezzante.

Io non mi faccio ombra d'illusione su la natura dei sentimenti di tua moglie per me: le antipatie sono reciproche. Ma non tua moglie, Momo, lui, lui, il signor Postella ha temuto invece che fosse mia intenzione seguitare nel solito andamento di vita, come se tu non fossi morto; guarda, ci metterei le mani sul fuoco. E avrà persuaso tua moglie a scrivermi a quel modo, dandole a intendere che la gente, altrimenti, avrebbe potuto malignare su lei e su me.

Si è assicurato cosí, che nessuno verrà più a molestarlo in casa di tua moglie.

Ma d'altra parte, poi, ha temuto che io, nel vedermi messo alla porta, per risposta, avrei chiuso la bocca al mio sacchetto, e allora, capisci? è venuto tutto sorridente a farmi scuse e cerimonie, che vorrebbero essere uncini per tirarmi a pagare.

— Ma stia tranquillo, caro signor Postella! — gli ho detto. — Stia tranquillo e rassicuri la signora, ch'io non verrò a disturbarla che assai di raro... — E stavo per aggiungere: «Tanto per saperne dare qualche notizia a Momino».

Ma qui proteste calorosissime del signor Postella, alle quali ha stimato opportuno di partecipare anche la moglie, ma con la mimica soltanto, quasi per rafforzare e rendere più efficaci i gesti del piccolo marito, che d'ajuto di parole non aveva bisogno.

Nelle ore pomeridiane di oggi, mi sono poi recato a casa tua, per intendermi con tua moglie.

Che impressione, Momo, la tua casa senza di te! La nostra, la nostra casa, Momino, senza di noi! Quei mobili nostri lí, subito dopo l'entratina, nella sala da pranzo con la portafinestra che dà sul terrazzino... Quella vecchia tavola massiccia, quadrata, che comperammo, Dio mio, trentadue anni fa in quella rivendita di mobili, per cosípoco... A rivederla, Momino, adesso, sotto la lampada a sospensione con quel berrettone rosso di cartavelina con cui l'ha parata tua moglie per paralume (eleganze di donnette nuove, che, lo sai, mi diedero subito ai nervi, appena tua moglie le portò; perché poi, tra l'altro, bisognava accorgersi che erano una stonatura tra la ruvida semplicità d'una casa patriarcale come la nostra) – basta, che dicevo? Ah, quella tavola, a rivederla... Il tuo posto... Ci stava sú Ragnetta, sai? E m'è parsa più magra, povera bestiolina! Le ho grattato un po' la testa, come facevi tu, dietro le orecchie. Nel mezzo della tavola, intanto, sul tappeto ho visto che c'era il solito portafiori; e nel portafiori, garofani freschi. Non ho potuto fare a meno di notarli, perché – capirai – in una casa da cui è uscito un morto appena otto giorni fa... quei fiori freschi... – Ma forse erano dei vasi del terrazzino. Fatto sta, a ogni modo, che tua moglie ha potuto pensar di coglierli e di metterli lí, sulla tavola, e non davanti al tuo ritratto sul cassettone.

Basta. Appena mi vide, uno scoppio di pianto. Io ho avuto come un singhiozzo nella gola, e volentieri avrei dato un gran pugno in faccia al signor Postella che, additandomela, quasi facesse la spiegazione d'un *fenomeno* in un baraccone da fiera, ha esclamato:

— Cosìda otto giorni: non mangia, non dorme…

«E la lasci piangere, signor mio, finché ne ha la buona volontà!», m'è venuto quasi di gridargli.

Ora, io non nego che possa esser vera la notizia del signor Postella; ma perché ha voluto darmela? Ha forse avuto il sospetto ch'io non volessi credere? Dunque, può non esser vero? Oh Dio, come sono spesso imbecilli le persone scaltre.

— Non posso farle coraggio, cara Giulia, perché sono più sconsolato di lei, — ho detto a tua moglie. — Pianga, pianga pure, giacché Lei ha codesto benedetto dono delle lagrime: Momo ne merita molte.

Ho sentito a questo punto un sospirone di tua cognata, che se ne stava con le mani intrecciate sul ventre, e mi sono interrotto per guardarla. Ella ha guardato invece, con que' suoi occhi bovini, il marito, come per domandargli se aveva fatto male a sospirare e se stava *in decretis*.

— Perla d'uomo! — ha esclamato il signor Postella rispondendo allo sguardo della moglie e scrollando il capo. — Perla d'uomo!

Di' grazie al signor Postella, Momino.

Non ho potuto dirglielo io, perché, non so, quella sua faccia, quei suoi modi mi mettono un tal prurito nelle mani, che, se dovessi fargli una carezza, sento che lo schiaffeggerei voluttuosamente.

Egli se ne accorge e mi sorride.

Bella occupazione intanto, piangere e poter dire: «Non ho altro da fare!». Ho pensato questo guardando tua moglie, mentre io, impedito dai sospiri e dalle esclamazioni dei coniugi Postella, non potevo più parlare di te e non sapevo che dire e rimanevo lí impacciato e stizzito. Fui sul punto d'alzarmi e andarmene senza salutar nessuno; ma poi m'è sovvenuto lo scopo della visita, e ho detto senz'altro:

— Sono venuto, Giulia, per dirle che la sua lettera di jeri mi ha recato molto dispiacere. Questa mattina suo cognato, in casa mia, mi ha spiegato il malinteso sorto a cagione d'una mia frase…

Il signor Postella, che aveva drizzato le orecchie, qui m'interruppe, battendo le palpebre.

— Prego, prego…

— O parla lei, o parlo io! — gli ho intimato, brusco.

— Oh, ma… Parli lei…

— Dunque mi lasci dire. Prima di tutto, lei, cara Giulia, non doveva ringraziarmi affatto, di nulla.

— Come no? — fece a questo punto tua moglie, senza levar gli occhi dal fazzoletto.

— Proprio cosí, — le ho risposto io. — Son conti, Giulia, che ci faremo poi insieme Momo e io, nel mondo di là. Lei sa che, tra me e lui, non ci fu mai né tuo né mio. Non vedo la ragione d'un cambiamento, adesso. Momo per me non è morto. Lasciamo questo discorso. Se poi a Lei fa dispiacere ch'io venga qualche volta a pregarla di valersi di me in tutte le sue opportunità, me lo dica francamente, che io...

— Ma che dice mai, signor Tommaso! — esclamò tua moglie, interrompendomi. — Questa qui, lei lo sa bene, è casa sua; non è casa mia.

Mi venne fatto, non so perché, di guardare il signor Postella. Egli aprí subito le braccia mostrandomi le palme delle mani e fece col capo una mossettina e sorrise come per confermare le parole di tua moglie.

Faccia tosta! Mi sarei alzato; l'avrei preso per il bavero della giacca; gli avrei detto: «È casa mia? ne conviene? mi faccia dunque il piacere di levarmisi dai piedi!».

La moglie se ne stava quatta, musando, come una botta.

— È la casa di Momo, — ho risposto a Giulia infine, sillabando. — La casa di suo marito, non è mia.

— Ma se tutto qua appartiene a lei...

— Scusi, tutta quanta la casa non l'ha forse lasciata a lei, suo marito?

— Momo, — mi rispose tua moglie — non poteva lasciarmi ciò che non gli apparteneva.

— Come no? — ho esclamato io. — Ma che va a pensare lei adesso?

— Vuole che non ci pensi? Ma si metta un po' al posto mio... Vede come sono rimasta?

— Scusi, se lei non vuole tener conto di me, della casa che è sua, dell'ottima compagnia che potranno tenerle tanto sua sorella quanto il suo signor cognato...

— Io la ringrazio, signor Tommaso, e me le dichiaro gratissima per tutta la vita. Ma i suoi beneficii non posso più accettarli... Ci pensi, e m'intenderà... Per ora non mi sento in grado di dirle altro... Ne riparleremo, se non le dispiace, un'altra volta.

Sono rimasto stordito, Momino, come se mi avessero dato una gran legnata tra capo e collo. Tua moglie s'è alzata, ed è scappata via per nascondermi un nuovo scoppio di pianto.

Ho guardato il signor Postella, che mi ricambiò lo sguardo con aria di trionfo, come se volesse dire: «Vede che i termini della lettera erano proprio di lei?». Poi ha chiuso gli occhi ed ha aperto di nuovo le braccia, ma con un'altra espressione, stringendosi nelle spalle, come per significare:

— È fatta cosí! Bisogna compatirla...

Secondo sospirone di tua cognata.

Stavo per prendere il cappello e il parapioggia, quando il signor Postella con la mano mi fece segno d'attendere, misteriosamente. Andò nella camera che è già divenuta sua e, poco dopo, ritornò con una scatolina in mano, nella quale ho veduto i tuoi tre anelli, l'orologio d'oro con la catena, due spille e la tabacchiera d'argento.

— Signor Aversa, se per caso volesse qualche ricordo dell'amico…

— Oh, grazie, non s'incomodi! — mi sono affrettato a dirgli. — Caro signor Postella, non ne ho bisogno.

— Intendo benissimo… Ma sa, siccome fa sempre piacere possedere qualche oggetto appartenuto a una persona cara, credo che…

— Grazie, grazie, no: vada a riporli, signor Postella.

— Se lo fa per Giulia, — ha insistito tuo cognato — le faccio notare che, essendo oggetti da uomo, credo che… Guardi, prenda l'orologio…

— Ma se non vuol nulla!… — si arrischiò di sospirare a questo punto Postella moglie.

— Tu non t'immischiare! — le diede subito su la voce il marito. — Il signor Tommaso lo fa per cerimonia. L'orologio solo, via… se lo prenda…

— Permetti? — riprese con timidezza la moglie. — Codesto orologio, Casimiro mio, al povero Momo lo aveva regalato appunto il signor Tommaso, quando tornò dal suo viaggio in Isvizzera…

— Ah sí? — fece il signor Postella rivolto a me, quasi con stupore, e mi parve che l'istinto predace gli sfavillasse negli occhi. — Ah sí? Scusi, e allora mi spieghi: sente che rumore fa?

E m'è toccato, Momino, di spiegargli il congegno del tuo orologio automatico: il martelletto che balza col moto della persona e carica cosìla macchina senza bisogno d'altra corda, ecc. ecc. Ti risparmio le frasi ammirative del signor Postella.

L'orso sogna pere, Momino: e di qui a qualche mese (e forse meno) se per caso ti venisse in mente di saper che ora è, va' a domandarlo a tuo cognato, va'.

Ti avverto intanto che è mezzanotte, col mio.

IV

Come ti senti, Momino?

Di' la verità: tu ti devi sentir male. Abbiamo tratto oggi dal loculo N. 51 al Pincetto la tua cassa per allogarla definitivamente in una modesta tomba che ti ho fatto costruire a mie spese per rimediare al primo errore di tua moglie, e che spettacolo, Momino! che spettacolo! L'ho ancora davanti agli occhi e non me lo posso levare.

Dissero i portantini che non ne avevano veduto mai uno simile; e trattarono quella tua cassa come una cosa molto pericolosa, non solo per loro, ma anche per noi che assistevamo alla cerimonia, voglio dire tua moglie, io, e i coniugi Postella che erano venuti con lei.

Pericolosa, Momino, perché, sai? quella tua cassa di zinco s'era tutta cosìenormemente gonfiata e deformata, che da un momento all'altro, Dio liberi, avrebbe potuto scoppiare.

I portantini spiegarono naturalmente il fenomeno, attribuendolo cioè a uno straordinario sviluppo di gas. Ma dalla fretta con cui il signor Postella accolse questa spiegazione per vincere lo sbigottimento da cui tutti a quella vista fummo invasi, mi sorse all'improvviso il sospetto che, oscuramente, dalla prima impressione di quella tua cassa cosìgonfiata un rimorso gli fosse nato, che non al gas, ma a ben altro si dovesse attribuire la causa di quella tua enorme gonfiatura.

E ti confesso che mi sentii rimordere anch'io Momino, per tutte le notizie che t'ho date. Temetti veramente, che la presenza nostra ti potesse far dare da un istante all'altro, a non star zitti, una cosìformidabile sbuffata, da scagliarci addosso quella tua cassa squarciata in mille pezzi da ogni parte.

Ma queste notizie, amico mio, tu dovresti ormai sapere perché e con che cuore io te le do; e non essere come gli altri che s'ostinano a non volere intendere perché venga tanta crudele apparenza di riso a tutto ciò che mi scappa dalla bocca. Come vuoi che faccia io, se mi diventa subito palese la frode che chiunque voglia vivere, solo perché vive, deve pur patire dalle proprie illusioni?

La frode è inevitabile, Momo, perché necessaria è l'illusione. Necessaria la trappola che ciascuno deve, se vuol vivere, parare a se stesso. I più non l'intendono. E tu hai un bel gridare: — Bada! bada! — Chi se l'è parata, appunto perché se l'è parata, ci dà dentro, e poi si mette a piangere e a gridare ajuto. Ora non ti pare che la crudeltà sia di questa beffa che fa a tutti la vita? E intanto dicono ch'è mia, solo perché io l'ho preveduta. Ma posso mai fingere di non capire, come tanti fanno, la vera ragione per cui quello ora piange e grida ajuto, e mostrare d'esser cieco anch'io, quando l'ho preveduta?

Tu dici:

— L'hai preveduta, perché tu non senti nulla!

Ma come e che potrei vedere e prevedere veramente, se non sentissi nulla, Momino? E come aver questo riso che par tanto crudele? Questa crudeltà di riso, anzi, tanto più è sincera, quanto e dove più sembra voluta, perché appunto strazia prima degli altri me stesso là dove esteriormente si scopre come un giuoco ch'io voglia fare, crudele. Parlando a te cosí, per esempio, di tutte queste amarezze, che dovrebbero esser tue, e sono invece mie.

Sai, poverina? era molto contenta però, oggi, tua moglie, e me lo diceva ritornando dal Verano, di saperti collocato bene ora, secondo i tuoi meriti in una tomba pulita, nuova e tutta per te.

L'ho accompagnata fino al portone di casa, poi, dopo il tramonto, mi sono recato a passeggiare lungo la riva destra del Tevere oltre il recinto militare, in prossimità del Poligono. E qua ho assistito a una scenetta commovente, o che m'ha commosso per la speciale disposizione di spirito in cui mi trovavo.

Per la vasta pianura, che serve da campo d'esercitazione alle milizie, una coppia di cavalli lasciati in libertà si spassavano a rincorrere un loro puledretto vivacissimo, il quale, springando di qua e di là e facendo mille sgambetti e giravolte, dimostrava di prender tanta allegrezza di quel giuoco. E anche il padre e la madre pareva che da tutto quel grazioso tripudio del figlio si sentissero d'un tratto ritornati giovani e in quel momento d'illusione si obliassero. Ma poco dopo, d'un tratto, come se nella corsa un'ombra fosse passata loro davanti, s'impuntarono, scossero più volte, sbruffando, la testa e, stanchi e tardi, col collo basso andarono a sdrajarsi poco discosto. Invano il figlio cercò di scuoterli, di aizzarli novamente alla corsa e al gioco; rimasero lí serii e gravi, come sotto il peso d'una grande malinconia; e uno, che doveva essere il padre, scrollando lentamente la testa alle tentazioni del puledrino, mi parve che con quel gesto volesse significargli: «Figlio, tu non sai ciò che t'aspetta…»

L'ombra già calata su la vasta pianura, faceva apparir fosco nell'ultima luce Monte Mario col cimiero dei cupi cipressi ritti nel cielo denso di vapori cinerulei, dai quali per uno squarcio in alto la luna assommava come una bolla.

Cattivo tempo, domani, Momino!

Eh, comincia a far freddo, e ho bisogno d'un soprabito nuovo e d'un nuovo parapioggia.

Ho preso l'abitudine, sai? di stare ogni notte a guardare a lungo il cielo. Penso: «Qualcosa di Momino forse sarà ancora per aria, sperduta qua in mezzo ai nuovi misteriosi spettacoli che gli saranno aperti davanti».

Perché sono nell'idea che c'è chi muore maturo per un'altra vita e chi no, e che quelli che non han saputo maturarsi su la terra siano condannati a tornarci, finché non avranno trovata la via d'uscita.

Tu, per tanti rispetti, t'eri ben maturato per un'altra vita superiore; ma poi, all'ultimo, volesti commettere la bestialità di prender moglie, e vedrai che ti faranno tornare soltanto per questo.

Neanch'io, per dir la verità, mi sento maturo per un'altra vita. Ahimè, per maturarmi bene, dovrei, con questo stomacuccio di taffetà che mi son fatto, digerir tante cose, che non riesco neppure a mandar giú: quel tuo signor Postella, per esempio!

Quanto mi piacerebbe, se ci facessero tornare tutti e due insieme! Sono sicuro che, pur non avendo memoria della nostra vita anteriore, noi ci cercheremmo su la terra e saremmo amici come prima.

Non rammento più dov'abbia letto d'una antica credenza detta del *Grande Anno*, che la vita cioè debba riprodursi identica fin nei menomi particolari, dopo trenta mil'anni, con gli stessi uomini, nelle medesime condizioni d'esistenza, soggetti alla stessa sorte di prima, e non solo dotati dei sentimenti d'una volta, ma anche vestiti degli stessi panni: riproduzione, insomma, perfetta.

Sarei propenso a immaginare tal credenza abbia avuto origine dal sogno di due esseri felici; ma poi non riesco a spiegarmi perché essi abbiano voluto assegnare un periodo cosìlungo al ritorno della loro felicità. Certo l'idea non poteva venire in mente a un disgraziato; e forse a nessuno oggi al mondo farebbe piacere la certezza che di qui a trenta mil'anni si ripeterà questa bella fantocciata dell'esistenza nostra. Il forte è morire. Morto, credo che nessuno vorrebbe rinascere. Che ne dici, Momino? Ah, tu già: ci hai qua tua moglie; me ne dimenticavo. Bisogna sempre parlare per conto proprio, a questo mondaccio.

…Mentre scrivo, in un bicchier d'acqua sul tavolino è caduto un insetto schifoso, esile, dalle ali piatte, a sei piedi, dei quali gli ultimi due lunghi, finissimi, atti a springare. Mi diverto a vederlo nuotare come un disperato, e osservo con ammirazione quanta fiducia esso serbi nell'agile virtú di que' due suoi piedi. Morrà certo ostinandosi a credere che essi sono ben capaci di springare anche sul liquido, ma che intanto qualcosina attaccata alle estremità gl'impicci nel salto; difatti, riuscendo vano ogni sforzo, coi piè davanti, nettandoli vivacemente, cerca distrigarsene.

Lo salvo, Momino, sí o no?

Se lo salvo, esso senza dubbio ne darà merito ai suoi piedi: affoghi dunque! E se invece fosse una graziosa farfallina rassegnata a morire? L'avrei tratta fuori da un pezzo, accuratamente… Oh carità umana corrotta dall'estetica!

Ecco, o insetto infelice, il salvataggio: caccio la punta di questa penna nell'acqua, poi ti farò asciugare un po' al calore del lume e infine ti metterò fuori della finestra. Ma l'acqua in cui sei caduto, se permetti, non la berrò. E di qui a poco tu, attirato novamente dal lume, forse rientrerai nella stanza e verrai a punzecchiarmi con la piccola proboscide velenosa. Ognuno fa il suo mestiere nella vita: io, quello del galantuomo, e t'ho salvato. Addio!

Notte serena. Mi trattengo un po' alla finestra a contemplare le stelle sfavillanti.

Zrí, di tratto in tratto. È un pipistrello invisibile, che svola curioso, qui, davanti al vano luminoso aperto nel bujo della piazza deserta. *Zrí*: e par che mi domandi: «Che fai?»

— Scrivo a un morto, amico pipistrello! E tu che fai? Che cosa è mai codesta tua vita nottambula? Svoli, e non lo sai; come io, del resto, non so che cosa sia la mia; io che pure so tante cose, le quali in fondo non mi hanno reso altro servizio che quello di crescere innanzi a gli occhi miei, alla mia mente, il mistero, ingrandendomelo con le cognizioni della pretesa scienza: bel servizio davvero!

Che diresti tu, amico pipistrello, se a un tuo simile venisse in mente di scoprire un apparecchio da aggiustarti sotto le ali per farti volare più alto e più presto? Forse dapprima ti piacerebbe, ma, e poi?

Quel che importa non è volare più presto o più piano, più alto o più basso, ma sapere perché si vola.

E perché dovrebbe affrettarsi la tartaruga condannata a vivere una lunghissima vita?

Nelle nostre favole intanto chiamiamo tarda e pigra la tartaruga, la quale, per aver tanto tempo davanti a sé, non si dà nessuna fretta, e chiamiamo pauroso il coniglio che al primo vederci scappa via.

Ma se ai topi di campagna, ai grilli, alle lucertole, agli uccelli, noi domandassimo notizia del coniglio, chi sa che cosa ci risponderebbero, non certo però, che sia una bestia paurosa. O che forse pretenderebbero gli uomini che, al loro cospetto, il coniglio si rizzasse su due piedi e movesse loro incontro per farsi prendere e uccidere? Meno male che il coniglio non ci sente! meno male che non ha testa da ragionare a modo nostro; altrimenti avrebbe fondamento di credere che spesso tra gli uomini non debba correre molta differenza tra eroismo e imbecillità.

E se per caso alla volpe, che ha la fama di savia, venisse in mente di comporre favole in risposta a tutte quelle che da gran tempo gli uomini van mettendo fuori calunniando le bestie; quanta materia non le offrirebbero queste scoperte umane, pipistrello mio, e questa scienza umana.

Ma la volpe non ci si metterebbe, perché son sicuro che con la sua sagacia intenderebbe che, se per modo d'esempio, un favolista fa parlare un asino come un uomo sciocco, sciocco non è l'asino, ma asino è l'uomo.

Basta; chiudo la finestra, Momino: vado a letto.

Filosofia, eh? questa notte: un po' animalesca veramente, con quei cavalli a principio, e poi con quell'insetto e ora il pipistrello e la tartaruga e il coniglio e la volpe e l'asino e l'uomo…

V

Comprendo che il tempo (quello almeno abbocconato in giorni e lunazioni e mesi dai nostri calendarii) per te ormai è come nulla; ma io mi ero fatta l'illusione che, per mio mezzo, un barlume di vita potesse inalbarti il bujo in cui sei caduto, e la mia voce, che pure è grossa, venir come vocina di ragnatelo a vellicare, non che altro, l'umido e nudo silenzio intorno a te.

Sono passati dieci mesi, Momo; te ne sei accorto? Ti ho lasciato al bujo dieci mesi, senza scriverti un rigo... Ma sta' pur sicuro che non hai perduto nulla di nuovo: il mondo è sempre porco a un modo e sciocco forse un po' peggio.

Non credere che t'abbia un solo istante dimenticato. Mi ha prima distratto dallo scriverti ogni sera la ricerca d'un nuovo alloggio; poi ho pensato: «Ma davvero non saprei adattarmi a vivere in queste tre stanzette? Perché cerco una casa più ampia? per vedermi forse crescere attorno la solitudine?». E quest'ultimo pensiero mi ha gettato in preda a una tristezza indicibile.

Ah, per i vecchi che restano soli (e senza neanche la propria casa, aggiungi!) gli ultimi giorni sono proprio intollerabili.

Mi ritorna viva nell'anima l'impressione che provavo da giovine nel vedere per via qualche vecchio trascinare pesantemente le membra debellate dalla vita. Io li seguivo un tratto, assorto, quei poveri vecchi, osservando ogni loro movimento e le gambe magre, piegate, i piedi che pareva non potessero spiccicarsi da terra, la schiena curva, le mani tremule, il collo proteso e quasi schiacciato sotto un giogo disumano, di cui gli occhi risecchi, senza ciglia, nel chiudersi, esprimevano il peso e la pena. E provavo una profonda ambascia, ch'era insieme oscura costernazione e dispetto della vita, la quale si spassa a ridurre in cosìmiserando stato le sue povere creature.

Per tutti coloro a cui torna conto restare scapoli, la porta della vita dovrebbe chiudersi su la soglia della vecchiaja, buono e tranquillo albergo soltanto per i nonni, cioè per chi vi entra munito del dolce presidio dei nipoti. Gli scapoli maturi dovrebbero interdirsene l'entrata, o entrarci appajati da fratelli, com'era mia intenzione. Ma tu, nel meglio, mi tradisti; frutto del tradimento, la tua morte affrettata: maggior danno però, forse, per me rimasto cosìsolo e abbandonato, che per te colpevole verso l'amico di tanta ingiustizia, per non dire ingratitudine.

Lasciami sfogare: ho traversato un periodo crudele. A un certo punto, ho fatto le valige, e via!

Ho voluto rivedere i tre laghi e, con particolar desiderio, quello di Lugano che, date le condizioni d'animo con cui avevo intrapreso il primo viaggio, al tempo del tuo matrimonio, mi aveva fatto maggiore impressione.

Sono rimasto disilluso!

Eppure dicono che i vecchi non riescono a veder più le cose come sono, bensí come le hanno altra volta vedute.

Più d'ogni altro mi ha fatto dispetto un certo gruppo d'alberi, di cui avevo serbato memoria, che fossero altissimi e superbi. Li ho ritrovati all'incontro quasi nani e storti, umili e polverosi: li ho guardati a lungo, non credendo agli occhi miei; ma erano ben dessi, senz'alcun dubbio, lí, al lor posto; e ho sentito in fine come se essi avessero risposto cosìalla mia disillusione:

«Hai fatto male, vecchio, a ritornare! Eravamo per te alberi altissimi e superbi; ma, vedi ora? Noi siamo stati sempre cosí, tristi e meschini…»

Senza i tuoi augurii, ho compito a Moltrasio sul lago di Como sessant'anni. In un'umile trattoria ho alzato il bicchiere e borbottato:

— Tommaso, crepa presto!

Sono ritornato a Roma l'altro jeri.

E ora dovrei venire alle cose brutte per te; ma sento che non mi è possibile.

L'immagine di quella tua cassa gonfia m'occupa come un incubo lo spirito, e penso che, se non è ancora scoppiata, scoppierebbe, se ti dicessi ciò che sta per avvenire a casa tua.

Io non ci posso portare, amico mio, nessun rimedio.

T'ho detto che in principio fui distratto dallo scriverti dalla ricerca d'una nuova casa; ma non te n'ho detto la vera ragione, come poi del mio viaggio lassú.

Ti basti sapere che tua moglie voleva che mi riprendessi i mobili di mia pertinenza, che sono ancora nella casa che fu nostra, e che, alla mia assicurazione che non sapevo più che farmene né dove metterli e che perciò se li tenesse pure considerandoli ormai come suoi, mi rimandò l'assegno mensile, dicendomi di non averne più bisogno.

Pare difatti che suo cognato abbia intrapreso non so che negozio molto lucroso su medicinali con un suo socio di Napoli, per cui la salute, amico mio, diventerà sempre più preziosa; perché, con questo negozio, povero a chi la perde e vorrà riacquistarla.

Tua moglie usufruirà indirettamente di questo negozio, perché quel socio di Napoli pare che abbia un fratello, e pare che questo fratello, venuto a Roma per concludere la società, la abbia conclusa includendovi, per conto suo, tua moglie.

Sí, amico mio. Ella sposerà tra poco questo fratello del socio di Napoli. Ma io non me ne sarei scappato in Isvizzera per un caso cosìordinario, perdonami, e cosìfacilmente prevedibile, se...

Insomma, Momo, faccio conto che la tua cassa sia già scoppiata, e te lo dico. Tua moglie, con l'ajuto del signor Postella, ha avuto il coraggio di farmi intendere chiaramente che a un solo patto avrebbe respinto la profferta di matrimonio di quel fratello del socio di Napoli. E sai a qual patto? A patto che la sposassi io. Capisci? Io. Tua moglie. E sai perché? Per usare un ultimo riguardo alla tua santa memoria.

Ebbene, Momo, credi ch'io me ne sia scappato in Isvizzera per indignazione? No, Momo. Me ne sono scappato, perché stavo per cascarci. Sí, amico mio. Come un imbecille. E se imbecille non ti basta, di', di' pure come vuoi. Mi piglio tutto. Non ha altra ragione quest'interruzione di dieci mesi nella nostra corrispondenza.

Fin dov'ero arrivato, fin dov'ero arrivato, amico mio! Ero arrivato fino al punto d'accordarmi col pensiero che tu stesso, proprio tu mi persuadessi a sposare tua moglie, con tante considerazioni che, sebbene fondate in un proponimento disperato, tuttavia mi pareva di doverle riconoscere una più giusta dell'altra, una più dell'altra assennata. Sí. Per te, e per lei, giuste e assennate. Per te, in quanto dovesse riuscirti assai meno ingrato che la sposassi io, tua moglie, anziché un estraneo, perché cosìtu potevi esser sicuro di rimaner sempre terzo in ispirito nella famiglia, senz'essere mai dimenticato. Per lei, in quanto, se da una parte non s'avvantaggiava lasciando di sposare uno molto più giovane di me, dall'altra certamente ci avrebbe guadagnato la sicurezza assoluta dell'esistenza, la tranquillità, il poter rimanere nella propria casa, senz'abbassamento o mutamento di stato. E poi il piacere velenoso per te di vedermi fare, anche più vecchio di te, quello per cui, in vita, tanto ti condannai.

Ho potuto capire a tempo, per fortuna, tutto l'orrore della vita, amico mio, nei riguardi di chi muore. E che un vero delitto è seguitare a dare ai morti notizie della vita: di quella stessa vita, di cui dentro di noi fu composta la loro realtà finché vissero, e che seguitando a durare nel nostro ricordo finché noi viviamo, è naturale che ormai senza difesa e immeritamente debba esserne straziata. Parlandoti della vita, potevo arrivare, come niente, povero Momino mio, a concludere queste notizie del mondo con l'inviarti in un cartoncino litografato la partecipazione delle mie nozze con tua moglie. Hai capito?

E dunque, basta, via. Finiamola.

La tragedia d'un personaggio

È mia vecchia abitudine dare udienza, ogni domenica mattina, ai personaggi delle mie future novelle.

Cinque ore, dalle otto alle tredici.

M'accade quasi sempre di trovarmi in cattiva compagnia.

Non so perché, di solito accorre a queste mie udienze la gente più scontenta del mondo, o afflitta da strani mali, o ingarbugliata in speciosissimi casi, con la quale è veramente una pena trattare.

Io ascolto tutti con sopportazione; li interrogo con buona grazia; prendo nota de' nomi e delle condizioni di ciascuno; tengo conto de' loro sentimenti e delle loro aspirazioni. Ma bisogna anche aggiungere che per mia disgrazia non sono di facile contentatura. Sopportazione, buona grazia, sí; ma esser gabbato non mi piace. E voglio penetrare in fondo al loro animo con lunga e sottile indagine.

Ora avviene che a certe mie domande più d'uno aombri e s'impunti e recalcitri furiosamente, perché forse gli sembra ch'io provi gusto a scomporlo dalla serietà con cui mi s'è presentato.

Con pazienza, con buona grazia m'ingegno di far vedere e toccar con mano, che la mia domanda non è superflua, perché si fa presto a volerci in un modo o in un altro; tutto sta poi se possiamo essere quali ci vogliamo. Ove quel potere manchi, per forza questa volontà deve apparire ridicola e vana.

Non se ne vogliono persuadere.

E allora io, che in fondo sono di buon cuore, li compatisco. Ma è mai possibile il compatimento di certe sventure, se non a patto che se ne rida?

Orbene, i personaggi delle mie novelle vanno sbandendo per il mondo, che io sono uno scrittore crudelissimo e spietato. Ci vorrebbe un critico di buona volontà, che facesse vedere quanto compatimento sia sotto a quel riso.

Ma dove sono oggi i critici di buona volontà?

È bene avvertire che alcuni personaggi, in queste udienze, balzano davanti agli altri e s'impongono con tanta petulanza e prepotenza, ch'io mi vedo costretto qualche volta a sbrigarmi di loro lí per lí.

Parecchi di questa lor furia poi si pentono amaramente e mi si raccomandano per avere accomodato chi un difetto e chi un altro. Ma io sorrido e dico loro pacatamente che scontino ora il loro peccato originale e aspettino ch'io abbia tempo e modo di ritornare ad essi.

Tra quelli che rimangono indietro in attesa, sopraffatti, chi sospira, chi s'oscura, chi si stanca e se ne va a picchiare alla porta di qualche altro scrittore.

Mi è avvenuto non di rado di ritrovare nelle novelle di parecchi miei colleghi certi personaggi, che prima s'erano presentati a me; come pure m'è avvenuto di ravvisarne certi altri, i quali, non contenti del modo com'io li avevo trattati, han voluto provare di fare altrove miglior figura.

Non me ne lagno, perché solitamente di nuovi me ne vengon davanti due e tre per settimana. E spesso la ressa è tanta, ch'io debbo dar retta a più d'uno contemporaneamente. Se non che, a un certo punto, lo spirito cosìdiviso e frastornato si ricusa a quel doppio o triplo allevamento e grida esasperato che, o uno alla volta, piano piano, riposatamente, o via nel limbo tutt'e tre!

Ricordo sempre con quanta remissione aspettò il suo turno un povero vecchietto arrivatomi da lontano, un certo maestro Icilio Saporini, spatriato in America nel 1849, alla caduta della Repubblica Romana, per aver musicato non so che inno patriottico, e ritornato in Italia dopo quarantacinque anni, quasi ottantenne, per morirvi. Cerimonioso, col suo vocino di zanzara, lasciava passar tutti innanzi a sé. E finalmente un giorno ch'ero ancor convalescente d'una lunga malattia, me lo vidi entrare in camera, umile umile, con un timido risolino su le labbra:

— Se posso… Se non le dispiace…

Oh sí, caro vecchietto! Aveva scelto il momento più opportuno. E lo feci morire subito subito in una novelletta intitolata *Musica vecchia*.

Quest'ultima domenica sono entrato nello scrittojo, per l'udienza, un po' più tardi del solito.

Un lungo romanzo inviatomi in dono, e che aspettava da più d'un mese d'esser letto, mi tenne sveglio fino alle tre del mattino per le tante considerazioni che mi suggerí un personaggio di esso, l'unico vivo tra molte ombre vane.

Rappresentava un pover'uomo, un certo dottor Fileno, che credeva d'aver trovato il più efficace rimedio a ogni sorta di mali, una ricetta infallibile per consolar se stesso e tutti gli uomini d'ogni pubblica o privata calamità.

Veramente, più che rimedio o ricetta, era un metodo, questo del dottor Fileno, che consisteva nel leggere da mane a sera libri di storia e nel veder nella storia anche il presente, cioè come già lontanissimo nel tempo e impostato negli archivii del passato.

Con questo metodo s'era liberato d'ogni pena e d'ogni fastidio, e aveva trovato – senza bisogno di morire – la pace: una pace austera e serena, soffusa di quella certa mestizia senza rimpianto, che serberebbero ancora i cimiteri su la faccia della terra, anche quando tutti gli uomini vi fossero morti.

Non si sognava neppure, il dottor Fileno, di trarre dal passato ammaestramenti per il presente.

Sapeva che sarebbe stato tempo perduto, e da sciocchi; perché la storia è composizione ideale d'elementi raccolti secondo la natura, le antipatie, le simpatie, le aspirazioni, le opinioni degli storici, e che non è dunque possibile far servire questa composizione ideale alla vita che si muove con tutti i suoi elementi ancora scomposti e sparpagliati. E nemmeno si sognava di trarre dal presente norme o previsioni per l'avvenire; anzi faceva proprio il contrario:

si poneva idealmente nell'avvenire per guardare il presente, e lo vedeva come passato.

Gli era morta, per esempio, da pochi giorni una figliuola. Un amico era andato a trovarlo per condolersi con lui della sciagura. Ebbene, lo aveva trovato già cosìconsolato, come se quella figliuola gli fosse morta da più che cent'anni.

La sua sciagura, ancor calda calda, l'aveva senz'altro allontanata nel tempo, respinta e composta nel passato. Ma bisognava vedere da quale altezza e con quanta dignità ne parlava!

Insomma, di quel suo metodo il dottor Fileno s'era fatto come un cannocchiale rivoltato. Lo apriva, ma non per mettersi a guardare verso l'avvenire, dove sapeva che non avrebbe veduto niente; persuadeva l'anima a esser contenta di mettersi a guardare dalla lente più grande, attraverso la piccola, appuntata al presente, per modo che tutte le cose subito le apparissero piccole e lontane. E attendeva da varii anni a comporre un libro, che avrebbe fatto epoca certamente: *La filosofia del lontano*.

Durante la lettura del romanzo m'era apparso manifesto che l'autore, tutto inteso ad annodare artificiosamente una delle trame più solite, non aveva saputo assumere intera coscienza di questo personaggio, il quale, contenendo in sé, esso solo, il germe d'una vera e propria creazione, era riuscito a un certo punto a prender la mano all'autore e a stagliarsi per un lungo tratto con vigoroso rilievo su i comunissimi casi narrati e rappresentati; poi, all'improvviso, sformato e immiserito, s'era lasciato piegare e adattare alle esigenze d'una falsa e sciocca soluzione.

Ero rimasto a lungo, nel silenzio della notte, con l'immagine di questo personaggio davanti agli occhi, a fantasticare. Peccato! C'era tanta materia in esso, da trarne fuori un capolavoro! Se l'autore non lo avesse cosìindegnamente misconosciuto e trascurato, se avesse fatto di lui il centro della narrazione, anche tutti quegli elementi artificiosi di cui s'era valso, si sarebbero forse trasformati, sarebbero diventati subito vivi anch'essi. E una gran pena e un gran dispetto s'erano impadroniti di me per quella vita miseramente mancata.

Ebbene, quella mattina, entrando tardi nello scrittojo, vi trovai un insolito scompiglio, perché quel dottor Fileno s'era già cacciato in mezzo ai miei personaggi aspettanti, i quali, adirati e indispettiti, gli erano saltati addosso e cercavano di cacciarlo via, di strapparlo indietro.

— Ohé! — gridai. — Signori miei, che modo è codesto? Dottor Fileno, io ho già sprecato con lei troppo tempo. Che vuole da me? Lei non m'appartiene. Mi lasci attendere in pace adesso a' miei personaggi, e se ne vada.

Una cosìintensa e disperata angoscia si dipinse sul volto del dottor Fileno, che subito tutti quegli altri (i miei personaggi che ancora stavano a trattenerlo) impallidirono mortificati e si ritrassero.

— Non mi scacci, per carità, non mi scacci! Mi accordi cinque soli minuti d'udienza, con sopportazione di questi signori, e si lasci persuadere, per carità!

Perplesso e pur compreso di pietà, gli domandai:

— Ma persuadere di che? Sono persuasissimo che lei, caro dottore, meritava di capitare in migliori mani. Ma che cosa vuole ch'io le faccia? Mi sono doluto già molto della sua sorte; ora basta.

— Basta? Ah, no, perdio! — scattò il dottor Fileno con un fremito d'indignazione per tutta la persona. — Lei dice cosìperché non son cosa sua! La sua noncuranza, il suo disprezzo mi sarebbero, creda, assai meno crudeli, che codesta passiva commiserazione, indegna d'un artista, mi scusi! Nessuno può sapere meglio di lei, che noi siamo esseri vivi, più vivi di quelli che respirano e vestono panni; forse meno reali, ma più veri! Si nasce alla vita in tanti modi, caro signore; e lei sa bene che la natura si serve dello strumento della fantasia umana per proseguire la sua opera di creazione. E chi nasce mercé quest'attività creatrice che ha sede nello spirito dell'uomo, è ordinato da natura a una vita di gran lunga superiore a quella di chi nasce dal grembo mortale d'una donna. Chi nasce personaggio, chi ha l'avventura di nascere personaggio vivo, può infischiarsi anche della morte. Non muore più! Morrà l'uomo, lo scrittore, strumento naturale della creazione; la creatura non muore più! E per vivere eterna, non ha mica bisogno di straordinarie doti o di compiere prodigi. Mi dica lei chi era Sancho Panza! Mi dica lei chi era don Abbondio! Eppure vivono eterni perché – vivi germi – ebbero la ventura di trovare una matrice feconda, una fantasia che li seppe allevare e nutrire per l'eternità.

— Ma sí, caro dottore: tutto questo sta bene, — gli dissi. — Ma non vedo ancora che cosa ella possa volere da me.

— Ah no? non vede? — fece il dottor Fileno. — Ho forse sbagliato strada? Sono caduto per caso nel mondo della Luna? Ma che razza di scrittore è lei, scusi? Ma dunque sul serio lei non comprende l'orrore della tragedia mia? Avere il privilegio inestimabile di esser nato personaggio, oggi come oggi, voglio dire oggi che la vita materiale è cosìirta di vili difficoltà che ostacolano, deformano, immiseriscono ogni esistenza; avere il privilegio di esser nato personaggio vivo, ordinato dunque, anche nella mia piccolezza, all'immortalità, e sissignore, esser caduto in quelle mani, esser condannato a perire iniquamente, a soffocare in quel mondo d'artifizio, dove non posso né respirare né dare un passo, perché è tutto finto, falso, combinato, arzigogolato! Parole e carta! Carta e parole! Un uomo, se si trova avviluppato in condizioni di vita a cui non possa o non sappia adattarsi, può scapparsene, fuggire; ma un povero personaggio, no: è lí fissato, inchiodato a un martirio senza fine! Aria! aria! vita! Ma guardi... *Fileno*... mi ha messo nome *Fileno*... Le pare sul serio che io mi possa chiamar Fileno? Imbecille, imbecille! Neppure il nome ha saputo darmi! Io, Fileno! E poi, già, io, io, l'autore della *Filosofia del lontano*, proprio io dovevo andare a finire in quel modo indegno per sciogliere tutto quello stupido garbuglio di casi là! Dovevo sposarla io, è vero? in seconde nozze quell'oca di Graziella, invece del notajo Negroni! Ma mi faccia il piacere! Questi sono delitti, caro signore, delitti che si dovrebbero scontare a lagrime di sangue! Ora, invece, che avverrà? Niente. Silenzio. O forse qualche stroncatura in due o tre giornaletti. Forse qualche critico esclamerà: «Quel povero dottor Fileno, peccato! Quello sí era un buon personaggio!». E tutto finirà cosí. Condannato a morte, io, l'autore della *Filosofia del lontano*, che quell'imbecille non ha trovato modo neanche di farmi stampare a mie spese! Eh già, se no, sfido! come avrei potuto sposare in seconde nozze quell'oca di Graziella? Ah, non mi faccia pensare! Sú, sú, all'opera, all'opera, caro signore! Mi riscatti lei, subito subito! mi faccia viver lei che ha compreso bene tutta la vita che è in me!

A questa proposta avventata furiosamente come conclusione del lunghissimo sfogo, restai un pezzo a mirare in faccia il dottor Fileno.

— Si fa scrupolo? — mi domandò, scombujandosi. — Si fa scrupolo? Ma è legittimo, legittimo, sa! È suo diritto sacrosanto riprendermi e darmi la vita che quell'imbecille non ha saputo darmi. È suo e mio diritto, capisce?

— Sarà suo diritto, caro dottore, — risposi, — e sarà anche legittimo, come lei crede. Ma queste cose, io non le faccio. Ed è inutile che insista. Non le faccio. Provi a rivolgersi altrove.

— E a chi vuole che mi rivolga, se lei…

— Ma io non so! Provi. Forse non stenterà molto a trovarne qualcuno perfettamente convinto della legittimità di codesto diritto. Se non che, mi ascolti un po', caro dottor Fileno. È lei, sí o no, veramente l'autore della *Filosofia del lontano*?

— E come no? — scattò il dottor Fileno, tirandosi un passo indietro e recandosi le mani al petto. — Oserebbe metterlo in dubbio? Capisco, capisco! È sempre per colpa di quel mio assassino! Ha dato appena appena e in succinto, di passata, un'idea delle mie teorie, non supponendo neppure lontanamente tutto il partito che c'era da trarre da quella mia scoperta del cannocchiale rivoltato!

Parai le mani per arrestarlo, sorridendo e dicendo:

— Va bene… va bene… ma, e lei, scusi?

— Io? come, io?

— Si lamenta del suo autore; ma ha saputo lei, caro dottore, trar partito veramente della sua teoria? Ecco, volevo dirle proprio questo. Mi lasci dire. Se Ella crede sul serio, come me, alla virtù della sua filosofia, perché non la applica un po' al suo caso? Ella va cercando, oggi, tra noi, uno scrittore che la consacri all'immortalità? Ma guardi a ciò che dicono di noi poveri scrittorelli contemporanei tutti i critici più ragguardevoli. Siamo e non siamo, caro dottore! E sottoponga, insieme con noi, al suo famoso cannocchiale rivoltato i fatti più notevoli, le questioni più ardenti e le più mirabili opere dei giorni nostri. Caro il mio dottore, ho gran paura ch'Ella non vedrà più niente né nessuno. E dunque, via, si consoli, o piuttosto, si rassegni, e mi lasci attendere a' miei poveri personaggi, i quali, saranno cattivi, saranno scontrosi, ma non hanno almeno la sua stravagante ambizione.

FINE

Già pubblicati nella stessa collana anche in formato elettronico

Novelle per un anno Vol I

Novelle per un anno Vol II

Novelle per un anno Vol III

Novelle per un anno Vol IV – Il presente volume

Di prossima pubblicazione

Novelle per un anno Vol V

…

Novelle per un anno Vol XV